Sigrid Nunez
Eine Feder auf dem Atem Gottes

AF178625

aufbau taschenbuch

Sigrid Nunez ist eine der beliebtesten Autorinnen der amerikanischen Gegenwartsliteratur. Für ihr viel bewundertes Werk wurde sie mehrfach ausgezeichnet. Für »Der Freund« erhielt sie 2018 den National Book Award und erreichte international ein großes Publikum, es wurde auch im deutschsprachigen Raum ein Bestseller. Sigrid Nunez lebt in New York City.

Bei Aufbau und im Aufbau Taschenbuch sind von ihr außerdem lieferbar: »Eine Feder auf dem Atem Gottes«, »Was fehlt dir«, »Sempre Susan. Erinnerungen an Susan Sontag« und »Die Verletzlichen«.

Mehr zur Autorin unter sigridnunez.com

Anette Grube, geboren 1954, lebt in Berlin. Sie ist die Übersetzerin von Arundhati Roy, Vikram Seth, Chimamanda Ngozi Adichie, Mordecai Richler, Yaa Gyasi, Kate Atkinson, Monica Ali, Richard Yates und vielen anderen.

Eine junge Frau blickt zurück auf ihre Anfänge: den chinesisch-panamaischen Vater und die deutsche Mutter, die sich im Nachkriegsdeutschland begegnen und zusammen nach New York City gehen. In den fünfziger und sechziger Jahren dort aufwachsend, flüchtet sie sich in Träume, die von den Geschichten ihrer Eltern inspiriert sind, und dann in die Welt des Balletts. Eine sehnsüchtige Mutter mit Heimweh nach ihren Wurzeln, ein stiller Vater, den sie kaum kennt, das Tanzen und die Erfahrung einer ersten Affäre mit Vadim, einem Russen aus Odessa: Das sind die Elemente, die das Leben der jungen Frau prägen. Ein großer Roman über Eltern und Kinder, Immigration und Liebe – und das Fremdsein in der eigenen Familie.

»Sigrid Nunez' Werke sind mehr als kluge Gedanken einer belesenen Frau, es spricht ein eigener Sound aus ihnen.«
Süddeutsche Zeitung

Sigrid Nunez

Eine Feder auf dem Atem Gottes

Roman

Aus dem Amerikanischen
von Anette Grube

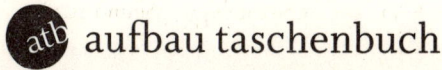 aufbau taschenbuch

Die Originalausgabe unter dem Titel
A Feather On The Breath Of God
erschien 1995 bei HarperCollins, New York.

MIX
Papier | Fördert
gute Waldnutzung
FSC
www.fsc.org
FSC® C083411

ISBN 978-3-7466-3855-3

1. Auflage 2024
Vollständige Taschenbuchausgabe
© Aufbau Verlage GmbH & Co. KG, Berlin 2022
www.aufbau-verlage.de
10969 Berlin, Prinzenstraße 85
Die deutsche Erstausgabe erschien 2022 bei Aufbau,
einer Marke der Aufbau Verlage GmbH & Co. KG
Copyright © 1995 by Sigrid Nunez
By arrangement with the author. All rights reserved.
Der Verlag behält sich das Text- und Data-Mining nach § 44b UrhG
vor, was hiermit Dritten ohne Zustimmung des Verlages untersagt ist.
Umschlaggestaltung zero-media.net, München
unter Verwendung eines Motivs von FinePic®, München
Satz LVD GmbH, Berlin
Druck und Binden CPI books GmbH, Leck, Germany

Printed in Germany

1. Teil

Chang

Zum ersten Mal hörte ich meinen Vater in Coney Island Chinesisch sprechen. Ich weiß nicht mehr, wie alt ich damals war, aber ich muss noch sehr jung gewesen sein. Es war in den frühen Tagen, als wir noch Familienausflüge machten. Wir gingen die Strandpromenade entlang, als wir den vier chinesischen Männern begegneten. Meine Mutter erzählte die Geschichte oft, als nähme sie an, dass wir sie vergessen hätten. »Ihr Kinder habt sie nicht gekannt und ich auch nicht. Es waren Freunde eures Vaters aus Chinatown. Ihr hattet nie zuvor Chinesisch gehört. Ihr wusstet nicht, was los war. Ihr habt mit offenem Mund dagestanden – ich musste lachen. ›Warum singen sie? Warum singt Daddy?‹«

Einer der Männer gab meinen Schwestern und mir je einen Dollarschein. Ich ließ meinen in Zehn-Cent-Stücke wechseln und machte mich auf, einen Goldfisch zu gewinnen. Mit zehn Cent erkaufte man sich drei Würfe mit einem Pingpongball in eine der vielen kleinen Schalen, in denen je ein zitternder orangefarbener Fisch schwamm. Überaufgeregt warf ich einfach drauflos, wieder und wieder. Als alle Zehn-Cent-Stücke aufgebraucht waren, lief ich weinend zu den Erwachsenen zurück. Der Mann, der mir den Dollar geschenkt hatte, versuchte, mir noch einen zu geben, aber meine Eltern ließen es nicht zu. Er drückte mir die Tüte mit Erdnüssen, die er gegessen hatte, in die Hand und sagte, dass ich sie alle haben könne.

Ich habe keinen dieser Männer je wiedergesehen oder etwas über sie gehört. Es waren die einzigen Freunde meines Vaters, die ich je traf. Ich hörte ihn erneut Chinesisch sprechen, aber nur sehr selten. In chinesischen Restaurants, gelegentlich am Telefon, ein- oder zweimal im Schlaf und im Krankenhaus, als er im Sterben lag.

Es stimmte also. Er war tatsächlich Chinese. Bis zu jenem Tag hatte ich es nicht wirklich geglaubt.

Meine Mutter erzählte immer, dass er auf einem Schiff nach Amerika gekommen war. Er hat ein langsames Schiff von China genommen, sagte sie und lachte. Ich war nicht sicher, ob sie es ernst meinte, und wenn doch, warum es so lustig war, aus China zu kommen.

Ein langsames Schiff von China. Mit der Zeit erfuhr ich, dass er nicht in China, sondern in Panama geboren war. Kein Wunder, dass ich nur halb glaubte, dass er Chinese war. Er war nur halb Chinese.

Ich kenne nur unerträglich wenige Fakten über sein Leben. Obwohl wir achtzehn Jahre lang im selben Haus lebten, hatten wir sehr wenig gemeinsam. Wir hatten keine Kultur gemein. Und es ist nur leicht übertrieben zu behaupten, dass wir auch keine Sprache gemein hatten. Als ich geboren wurde, lebte mein Vater schon fast dreißig Jahre in Amerika, aber wenn man ihn sprechen hörte, konnte man es nicht glauben. Sein Scheitern, die englische Sprache zu lernen, schien mir immer etwas Vorsätzliches zu haben. Abgesehen von ihrem Akzent – so stark wie seiner, aber ganz anders als seiner – hatte meine Mutter keinerlei Probleme damit.

»Er hat nie viel über sich gesprochen. So war er. Er hatte im Allgemeinen nicht viel zu sagen. Schweigen war Gold. Ich glaube, es war was Kulturelles.« (Meine Mutter.)

Als ich alt genug war, es zu verstehen, hatte mein Vater so gut wie aufgehört zu sprechen.

Schweigsamkeit: Es heißt, sie sei ein asiatischer Charakterzug. Doch ich glaube nicht, dass mein Vater immer der schweigsame, verschlossene Mann war, den ich kannte. Man denke nur an den Tag in Coney Island, als er ununterbrochen Chinesisch sprach.

Nahezu alles, was ich über ihn weiß, stammt von meiner Mutter, und es gab viel, das auch sie nicht wusste, viel, das sie vergessen hatte oder nicht genau wusste, und viel, das sie nie erzählte.

Ich bin sechs, sieben, acht Jahre alt, ein Schulmädchen mit erbärmlicher Haltung und ständig aufgesprungenen Lippen, wundgescheuert in den puppenhaften Alte-Welt-Kleidern, die meine Mutter selbst näht; ein rechthaberisches, quengeliges, durchtriebenes, feiges Kind, das zu Wut- und Heulanfällen neigt. In der Schule oder auf dem Spielplatz oder vielleicht im Fernsehen höre ich etwas über Chinesen – etwas Seltsames, Unwahrscheinliches. Ich werde meinen Vater fragen. Er wird wissen, ob es zum Beispiel stimmt, dass Chinesen mit Stäbchen essen.

Er zuckt die Achseln. Er tut so, als würde er nicht verstehen. Oder er blickt finster drein und sagt: »Chinesen genau wie alle anderen.«

(»Er hat geglaubt, dass du dich über ihn lustig machst. Er hat immer geglaubt, dass sich alle über ihn lustig machen. Er hatte einen Komplex. So wie er sich verhalten hat, hätte man glauben können, er wäre ein Schwarzer!«)

Tatsächlich sagte er »andelen«.

Stimmt es, dass die Chinesen rückwärts schreiben?

Chinesen genau wie alle andelen.

Stimmt es, dass sie Hund essen?

Chinesen genau wie alle andelen.

Sind sie wirklich alle Kommunisten?

Chinesen genau wie alle andelen.

Was ist chinesische Wasserfolter? Was heißt die Füße binden? Was ist ein Mandarin?

Chinesen genau wie alle andelen.

Er war nicht wie alle anderen.

Die unerträglich wenigen Fakten sind diese. Er wurde 1911 in Colón, Panama, geboren. Sein Vater kam aus Shanghai. Soweit ich in Erfahrung bringen konnte, war Großvater Chang ein Kaufmann, der mit Tabak und Tee handelte. Aufgrund dieser Geschäfte, die er mit einem seiner Brüder betrieb, reiste er oft zwischen Shanghai und Colón hin und her. Er hatte zwei Frauen, eine in jeder Stadt, und als hegte er eine Leidenschaft für Symmetrie, zwei Söhne von jeder Frau. Bald nachdem mein Vater, Carlos, geboren war, brachte ihn sein Vater nach Shanghai, um ihn von seiner chinesischen Frau aufziehen zu lassen. Zehn Jahre später wurde mein Vater nach Colón zurückgeschickt. Den Grund dafür habe ich nie verstanden. So wie mir die Geschichte erzählt wurde, hatte ich den Eindruck, dass mein Vater fortgeschickt wurde, um einer Gefahr zu entgehen. Es war natürlich eine Zeit des Aufruhrs in China, das Jahrzehnt nach der Gründung der Republik, die Ära der Warlords. Wenn das Datum stimmt, verließ mein Vater Shanghai in dem Jahr, als die Kommunistische Partei Chinas gegründet wurde. Es ist jedoch nicht gewiss, ob politische Ereignisse überhaupt etwas mit seiner Abreise aus China zu tun hatten.

Ein Jahr nachdem mein Vater nach Colón zurückgekehrt war, starb seine Mutter. Ich erinnere mich, als Kind gehört zu haben, dass sie einem Schlaganfall erlag. Jahre später, als ich ausrechnete, dass sie erst sechsundzwanzig gewesen war, erschien mir das merkwürdig. Noch merkwürdiger ist der Gedanke an die Wiedervereinigung von Mutter und Sohn nach langer Trennung; gut möglich, dass sie nicht dieselbe Sprache sprachen. Der andere halb-panamaische Sohn, Alfonso, wurde entweder mit meinem Vater zurückgeschickt oder hatte Colón nie verlassen. Nach dem Tod ihrer Mutter kamen die beiden Jungen in die Obhut des Bruders und Geschäftspartners ihres Vaters, Onkel Mee, der offenbar in Colón lebte und eine eigene große Familie hatte.

Großvater Chang, seine chinesische Frau und ihre beiden Söhne blieben in Shanghai. Es heißt, dass alle von den Japanern umgebracht wurden. Das muss während des Zweiten Japanisch-Chinesischen Kriegs gewesen sein. Mein Vater war damals Ende zwanzig, Anfang dreißig, aber ob er seine Verwandten aus Shanghai vor ihrem Tod jemals wiedergesehen hat, weiß ich nicht.

Mit zwölf oder dreizehn fuhr mein Vater mit Onkel Mee mit dem Schiff nach Amerika. Ich glaube, es waren nur die beiden, die in die USA kamen und den Rest der Familie in Colón zurückließen. Irgendwann im nächsten Jahr wurde mein Vater an einer staatlichen Schule in Brooklyn angemeldet. Ich erinnere mich, ein Schulheft gefunden zu haben, das ihm in jenen Tagen gehört hatte, und über den Namen auf dem Umschlag gestolpert zu sein: Charles Cipriano Chang. Es war weder der Vorname noch der Nachname meines Vaters, soweit ich wusste, und von einem zweiten Namen hatte ich nie gehört. (Schwer zu glauben, dass mein Vater seine Kindheit in Shanghai verbrachte und Carlos genannt wurde, ein Name, den er nicht einmal korrekt spanisch aussprechen konnte. Er musste also zudem einen chinesischen Namen gehabt haben. Und auch wenn unsere Familie diesen Namen nicht kannte, benutzte er ihn vielleicht unter Chinesen.)

Zwanzig Jahre vergingen. Über diese Spanne im Leben meines Vaters weiß ich nur, dass er sie illegal in New York verbrachte, vor allem in Chinatown, wo er in verschiedenen Restaurants arbeitete. Dann kam der Zweite Weltkrieg, und er wurde eingezogen. Während er in der Armee war, wurde er endlich amerikanischer Staatsbürger. Er nannte sich nicht länger Charles, sondern wieder

Carlos, und jetzt, da er Staatsbürger war, legte er den Familiennamen seines Vaters ab und nahm den seiner Mutter an. Warum ein Mann, der sich als Chinese betrachtete, der stets unter Chinesen gelebt hatte, der wenig Spanisch sprach und seine Mutter kaum gekannt hatte, in der Mitte des Lebens diese Entscheidung traf, ist eins der vielen Rätsel, die meinen Vater umgeben.

Meine Mutter hatte folgende Erklärung. »Alfonso war panamaischer Staatsbürger, und *er* hatte den Namen seiner Mutter angenommen.« (Das entsprach natürlich der spanischen kulturellen Tradition.) »Er war das einzige Familienmitglied, das dein Vater noch hatte – alle anderen waren tot. Dein Vater wollte den gleichen Nachnamen haben wie sein Bruder. Und er hat geglaubt, dass er mit einem spanischen Namen in diesem Land besser zurechtkommt.« Für mich ergab das keinen Sinn. Er war zwanzig Jahre lang ein Chinatown-Chang gewesen. Jetzt wollte er auf einmal als Hispano durchgehen?

In einer anderen Version dieser Geschichte wurde die Idee, den chinesischen Namen abzulegen, dem Mann bei der Behörde zugeschrieben, der die Papiere meines Vaters bearbeitete. Das ist plausibel angesichts der Einwanderungsbeschränkungen für Chinesen, die damals noch in Kraft waren. Aber ich schließe die Möglichkeit nicht aus, dass der Namenswechsel die Folge eines Missverständnisses zwischen meinem Vater und dem Beamten war. Mein Vater war leicht zu verwirren, besonders wenn er mit Behörden zu tun hatte, und er hatte immer Mühe, Englisch zu verstehen und sich auf Englisch verständlich zu machen. Und ich kann mir nicht nur vorstellen, dass er verwirrt genug war, diesen Fehler zu begehen, sondern auch, dass er zu ängstlich war, um ihn später zu korrigieren.

Was immer tatsächlich passiert ist, werde ich nie erfahren. Ich weiß allerdings, dass der spanische Name große Konfusion ins Leben meines Vaters brachte, und ich frage mich, inwiefern mein eigenes Leben vielleicht anders verlaufen wäre, hätte er den Namen Chang behalten.

Von diesem Zeitpunkt an wird die Geschichte klarer.

Mein Vater zieht mit der 100. Infanteriedivision in den Krieg, kämpft in Frankreich und Deutschland und wird nach Kriegsende in der kleinen süddeutschen Stadt stationiert, in der er meine Mutter kennenlernen wird. Er ist vierunddreißig, und sie ist gerade achtzehn geworden. Bald ist sie schwanger.

Reicher Stoff für Spekulationen: Wie kommunizierten die beiden? Sie hatte in der Schule ein bisschen Englisch gelernt. Er lernte ein bisschen Deutsch. Sie müssen sich mehr missverstanden als verstanden haben. Vielleicht hilft das zu erklären, warum meine älteste Schwester schon zwei und meine andere Schwester bereits unterwegs war, bevor meine Eltern heirateten. (Meine Schwestern und ich erfuhren davon erst, als wir alle über zwanzig waren.)

Als ich drei war, waren sie bereits zweimal lange getrennt gewesen.

»Ich hätte Rudolf heiraten sollen!« (Meine Mutter.)

1948. Mein Vater kehrt mit seiner Frau und der ersten

Tochter in die Vereinigten Staaten zurück. Alles hat sich drastisch verändert. Es ist ein anderes Amerika: das Amerika des Staatsbürgers, des legalen Arbeiters, des Familienvaters. Kein Trinken und Spielen bis in die Puppen in Chinatown mehr. Keine ständigen Jobwechsel, kein Leben von der Hand in den Mund mehr, kein Übernachten auf dem Fußboden im Zimmer eines Freunds oder auf der Ablage einer Restaurantküche. Es gibt neue ungeahnte Ausgaben: Haushaltsgeld, Babyausstattungen, Steuern, Versicherungen, ein spezielles Bankkonto für die Ausbildung der Kinder. Er gibt sein Bestes. Er mietet eine Wohnung in der Sozialbausiedlung in Fort Greene, unweit des kantonesischen Restaurants in der Fulton Street, in dem er als Kellner arbeitet. An manchen Abenden, nachdem das Restaurant geschlossen hat, nachdem alle Tische abgeräumt sind und das Geschirr gespült ist, bleibt er, um zu spielen. Er wankt nach Hause zu einer hellwachen Frau, die den Whiskey in seinem Atem riecht und sich nicht darum kümmert, ob er verloren oder gewonnen hat. So wenig Geld – auch nur mit einem Bruchteil davon zu spielen ist eine Sünde. Ihr Englisch wird besser (»nicht dank ihm!«), doch für das, was sie zu sagen hat, braucht sie kein großes Vokabular. Sie ist unglücklich. Sie hasst Amerika. Sie träumt ständig davon, nach Hause zurückzukehren. Die Dreijährige ist etwas merkwürdig: Sie lächelt nur selten; sie zerkratzt die Seiten von Zeitschriften wie eine Katze. Die Einjährige neigt zu Koliken. Zu ihrem Entsetzen erfährt meine Mutter, dass sie wieder schwanger ist. Sie versucht abzutreiben, vergeblich. Ich werde geboren. Wusste mein Vater von dem versuchten Abbruch? Höchstwahrscheinlich nicht. Hätte er es gewusst, glaube ich zu wissen, was er gesagt hätte. Er hätte gesagt: Nein, diesmal wird es ein Junge. Wie die meisten Männer wünschte er sich einen Sohn. (Nur Mädchen – ein Haus voller Frauen – der Albtraum eines chinesischen Mannes!) Mit einem Sohn wäre er vielleicht offener gewesen. Einem Sohn hätte er vielleicht Chinesisch beigebracht.

Er findet eine andere Arbeit als Tellerwäscher in der Küche eines großen, dem Gesundheitsministerium unterstellten Krankenhauses. Er wird dort bis zu seiner Pensionierung arbeiten, schließlich zum Leiter der Küche befördert.

Er zieht mit der Familie in eine andere Sozialbausiedlung, außerhalb der Stadt, neu gebaut, sauberer, sicherer.

Er arbeitet die ganze Zeit. An Wochenenden, wenn er nicht ins Krankenhaus muss, jobbt er als Kellner in dem einen oder anderen Restaurant. Er arbeitet an den meisten Feiertagen und macht keinen Urlaub. An seinen seltenen freien Tagen bringt er meine Mutter auf die Palme, weil er zum Pferderennen geht. Doch er gönnt sich kaum etwas. Ein bisschen spielen, ein kleines Budweiser zum Abendessen – das er allein einnimmt, ungefähr eine Stunde nach uns (er arbeitete immer bis spät) –, hin und wieder ein Glas Scotch, Zigaretten – das waren seine einzigen Freuden. Als die Kinder noch klein sind, werden gelegentlich Ausflüge unternommen. Nach Coney Island, Chinatown, in den Zoo. Sonntags geht er manchmal mit uns ins Kino, in die Kindervorstellung, und einmal im Jahr in die Radio City Music Hall zur Weihnachts- oder

Ostershow. Doch er und meine Mutter gehen nie allein aus, nur sie beide – niemals.

Ihr Englisch wird immer besser, so dass sich seins immer schlechter anhört.

Er ist kaum zu Hause, doch ich erinnere mich, dass sie ständig streiten.

Kein großes Vokabular nötig, um zu verletzen.

»Dumme Frau. Verrückte Frau. Redet, redet, redet – sagt nie nichts.«

»Ich hätte Rudolf heiraten sollen!«

Einmal spuckte sie ihm ins Gesicht. Ein anderes Mal nahm sie ein Brotmesser, und er musste es ihr mühsam entwinden.

Sie schliefen in getrennten Betten.

Jeden Monat verkündete sie den Kindern, dass es vorbei war: Wir würden »nach Hause« gehen. (Und einmal, als ich zwei war, kehrte sie mit uns nach Deutschland zurück. Wir blieben ein halbes Jahr. Über diese Episode sprach sie nur vage. Wann immer wir sie in späteren Jahren fragten, warum wir nicht in Deutschland geblieben sind, sagte sie: »Ihr Kinder wolltet euren Vater.« Aber ich glaube, das stimmt nicht. Wahrscheinlicher war, dass ihr klar wurde, dass dort kein Leben auf sie wartete. Sie war nie gut mit ihrer Familie ausgekommen. Zu diesem Zeitpunkt, glaube ich, hatte Rudolf schon eine andere geheiratet.)

Obwohl er zwei Jobs hatte, verdiente mein Vater nicht viel. Es reichte nie, um ein Haus zu kaufen. Doch die Last, arm zu sein, schien schwerer auf meiner Mutter zu wiegen. Arm zu sein hieß, sich nie ausruhen zu können, hieß, ständig auf den äußeren Schein achten zu müssen. Kein Geld zu haben bedeutete nicht, zu verwahrlosen. Man komme in die Wohnung: Alles ist sauber und ordentlich. Man schaue die Kinder an: makellos. Und die Leute machten meiner Mutter Komplimente – zum Glanz ihrer Böden und wie sie sich um ihre Kinder kümmerte –, und sie freute sich darüber. Dennoch war es ermüdend, arm zu sein.

Eines Tages klopfte eine Frau, umgeben von einer Schar Kinder, an die Tür. Als meine Mutter öffnete, entschuldigte sich die Frau. »Ich habe gedacht – der Name an Ihrem Briefkasten, ich habe gedacht, Sie sind auch spanisch. Meine Kinder müssten mal auf die Toilette.« Meine Mutter konnte ihr Missfallen nicht verhehlen. Sie war stolz darauf, Deutsche zu sein, und in den Nachkriegsjahren war sie auf verbitterte Weise defensiv. Wenn Leute uns beschimpften – uns Spicks und Chinks nannten –, sagte sie: »Ihr seht ja, wie es in diesem Land ist. Auch wenn alle sagen, wie schlimm wir Deutschen sind, beschimpft uns niemand, nur weil wir Deutsche sind.«

Sie hatte keine Geduld für die Marotten meines Vaters. Das unfreiwillige Zucken eines Muskels bedeutete, dass jemand ihn mit dem bösen Blick bedacht hatte. Ein Glas heißes gekochtes Wasser trinken heilte die Grippe. Er hob alte Ausgaben von *Reader's Digest* und Silberdollar bestimmter Jahrgänge auf, weil er glaubte, dass sie eines Tages viel Geld wert wären. Was für ein rückständiges Wesen hatte sie geheiratet? Sein Englisch trieb sie in den Wahnsinn. Wann immer er etwas nicht verstand, das an ihn adressiert war (und das passierte ständig), sagte er statt »Was?« »Huh?« »Huh? Huh?«, kreischte sie ihn an. »Was bist du, eine Eule?«

Andauerndes Hickhack und Gezänk.

Wir Kinder träumten davon, erwachsen zu werden, aufs College zu gehen, zu heiraten, zu entkommen.

Und was war mit Alfonso und Onkel Mee? Was war mit ihnen passiert?

»Ich habe keinen von beiden je kennengelernt, aber von Mee haben wir die ersten Jahre ständig gehört – es war furchtbar. Da war er wieder in Panama. Er war ein schrecklicher Spieler, und seine Söhne waren es auch. Sie steckten bis zum Hals in Schulden – und an wen wandten sie sich, wenn nicht an deinen Vater. Onkel Mir-mich-Mee habe ich ihn genannt. ›Vergiss nicht, was ich alles für dich getan habe. Du schuldest mir was.‹« (Und obwohl sie ihn nie gehört hatte, ahmte sie seine Stimme nach.) »Dein Vater hatte es geschafft, ein paar Tausend Dollar zu sparen, und er hat alles Mee geschickt. Ich wäre am liebsten gestorben. Das habe ich ihm nie verziehen. Ich war damals schwanger, und ich hatte ein einziges Umstandskleid – eins. Kaum hatte Mee das Geld, hat er geschrieben, dass er mehr braucht. Ich habe zu deinem Vater gesagt, dass ich ihn verlasse, wenn er ihm auch nur noch einen Cent schickt.«

Der Streit weitete sich aus und schloss irgendwie auch Alfonso mit ein, der sich offenbar auf Mees Seite schlug. Mein Vater brach mit beiden. Mehrere Jahre nachdem wir Brooklyn verlassen hatten, erschien in einer China-town-Zeitung eine Anzeige. Alfonso und Mee versuchten, meinen Vater ausfindig zu machen. Er habe sich nie auf die Anzeige gemeldet, sagte mein Vater. Er habe nie wieder mit den beiden gesprochen. (Vielleicht log er. Vielleicht hatte er immer heimlich Kontakt mit ihnen. Ich glaube, viel von seinem Leben hielt er vor uns geheim.)

Ich habe nie ein Foto von meinem Vater gesehen, das vor seinem Eintritt in die Armee aufgenommen wurde. Ich habe keine Ahnung, wie er als Kind oder junger Mann aussah. Ich habe nie Fotos von seinen Eltern oder seinen Brüdern oder von Onkel Mee oder irgendwelchen anderen Verwandten oder von den Häusern, in denen er in Colón oder Shanghai lebte, gesehen. Sollte mein Vater etwas besessen haben, das seinen Eltern gehört hatte, Familienandenken oder Erinnerungsstücke an seine Jugend, habe ich nichts davon gesehen. Zu seiner Jugend hatte er nichts zu sagen. Nur eine einzige Anekdote erzählte er mir. In Shanghai hatte er einen Hund. Als mein Vater nach Panama abreiste, kam der Hund mit zum Pier, um ihn zu verabschieden. Mein Vater ging an Bord, und der Hund begann zu jaulen. Er vergaß es nie: Das Schiff legte ab, und der Hund jaulte. »Hund nicht dumm. Er weiß, ich nicht zurückkomme.«

In unserer Wohnung gab es nichts Chinesisches. Keine Gegenstände aus Bambus oder Jade. Keine Lackdosen. Keine bemalten Schriftrollen oder Fächer. Keine bestickte Seide. Keine Buddhas. Keine Essstäbchen unter dem Besteck, keine Reis- oder Teeschalen. Keinen chinesischen Tee, keinen Ginseng und keine Sojasoße im Schrank. Mein Vater war das einzige Chinesische, saß wie der Buddha höchstpersönlich zwischen den Hummel-Figuren und Kuckucksuhren und Bildern alpiner Landschaften. Meine Mutter betrachtete die Wohnung als ihre, sprach von *ihren* Vorhängen, *ihren* Böden (oft als Warnung: »Verkratzt meine Böden nicht!«). Die Töchter waren auch ihre. Jeder gab sie einen nordischen Namen, den er unmöglich aussprechen konnte. (»*Wie* nennt dich dein Vater?« Diese Frage – die reinste Agonie für mich – hörte ich während meiner gesamten Kindheit.) Es war Teil ihrer anhaltenden Nostalgie, dass sie ihre Kinder als Deutsche erziehen wollte. Sie nähte Dirndl für sie und auch für ihre Puppen. Sie flocht ihr Haar zu Zöpfen und wand sie im deutschen Stil fest um ihre Ohren wie Ohrenschützer. Wir packten unsere Weihnachtsgeschenke an Heiligabend und nicht am Weihnachtsmorgen aus. Thanksgiving wurde nicht gefeiert. Selbstverständlich wurde kein einziger chinesischer Feiertag begangen. Keine Drachen und kein Feuerwerk zum chinesischen Neujahr. Zu Weihnachten gab es Rotkraut und Sauerbraten. Allein die Vorstellung mein Vater würde *Sauerbraten* sagen.

Hin und wieder brachte er Essen aus Chinatown mit: scharfe rote Würste mit Fettstückchen darin, eingebettet wie Zähne, getrockneten Fisch, mit Bohnenpaste gefüllte Brötchen, mit denen er uns zum Lachen brachte, weil er *chinesische Erdnussbutter* sagte. Meine Mutter rührte nichts davon an. (»Gott weiß, was das wirklich ist.«) Wir Kinder forderten lauthals, davon probieren zu dürfen, und wenn es uns nicht schmeckte, wurde mein Vater wütend. (»Du weißt doch, wie er war mit seinem Komplex. Er nahm es persönlich. Er war beleidigt.«) Wann immer wir in einem der Restaurants aßen, in denen er arbeitete, bestellte er für uns stets die amerikanisierten Gerichte, die die meisten weißen Gäste bestellten.

Eine frühe Erinnerung: Ich bin vier, fünf, sechs Jahre alt und schneide in alberner Stimmung Grimassen vor dem Kommodenspiegel meiner Mutter. Mein Vater ist im selben Zimmer, aber ich vergesse, dass er da ist. Ich ziehe mit den Zeigefingern meine Lider in die Länge. Dann sehe ich, dass er mich beobachtet. Sein Blick ist hasserfüllt.

»Er hat gedacht, dass du dich lustig machst.«

Eine spätere Erinnerung: »Panama ist ein Isthmus.« Grundschulgeografie. Mein Vater blickt von der Zeitung auf, wachsam, argwöhnisch. »Merry Isthmus!« »Isthmus muss der Ort sein!« Meine Schwester und ich kreischen vor Lachen. Mein Vater schüttelt den Kopf. »Nicht nett, lustig machen über Ort, wo Leute geboren!«

»Ach, er hatte keinen Sinn für Humor – nie. Er hat nie einen Witz verstanden.«

Tatsächlich habe ich ihn nur selten lachen gehört. (Im Gegensatz zu meiner Mutter, die trotz ihrer chronischen Unzufriedenheit ständig zu lachen schien – über ihn, über uns, über die Nachbarn. Sie stichelte gern, war durchtrieben, boshaft, oft witzig.)

Chinesische Undurchdringlichkeit. Chinesisches Erdulden. Chinesische Zurückhaltung. Ja, ich erkenne meinen Vater in diesen Klischees. Aber was ist mit seiner panamaischen Seite? Wie sind Hispanos angeblich? Heißblütig, lebhaft, gefühlvoll, macho, gesellig, romantisch, leichtsinnig. Nein, er war nichts davon.

»Er wollte immer zurück. Er hat China immer vermisst.«
Aber er war erst zehn, als er China verlassen hat.
»Ja, aber das ist, was zählt – wo du diese ersten Jahre verbringst, und deine Muttersprache. Das bist du.«

Ich hatte ein Kinderbuch über Sun Yat-sen, den Mann, der China veränderte. Darin waren Zeichnungen von Sun als Junge. Ich versuchte, mir meinen Vater so vorzustellen, als chinesischen Jungen, der im Freien eine Pyjamahose und einen Reishut trug und auf dessen Rücken ein Zopf hing. (Obwohl es natürlich in der Zeit nach Suns Revolution unwahrscheinlich war, dass er einen Zopf trug.) Ich stellte mir meinen Vater vor diesen Landschaften mit Berggipfeln und Pagoden vor, mit einem Hund wie Old Yeller zu seinen Füßen. Wie war sie, diese Kindheit in Shanghai? Wie behandelte die chinesische Ehefrau den Sohn der zweiten Frau? (Mein Vater und Alfonso hatten nicht den gleichen Status wie die Söhne der offiziellen Frau, das glaube ich nicht.) Wie behandelten ihn die chinesischen Brüder? Wurde er in der Schule – ging er in die Schule? – von den anderen Kindern als einer der Ihren akzeptiert? Gibt es ein chinesisches Schimpfwort wie »Mischling« und wurde er wie wir damit bezeichnet? Bestimmt hat er sich viele Male im Leben gewünscht, er wäre ganz und gar Chinese. Meine Mutter wünschte, ihre Kinder wären ganz und gar deutsch. Ich wäre gern ein typisch amerikanisches Mädchen mit einem Namen wie Sue Brown gewesen.

Er wollte immer zurück.

Er hat den jaulenden Hund am Pier nie vergessen.

Bei uns zu Hause gab es nicht viele Bücher. Die Liebesgeschichten und historischen Romane meiner Mutter, Bücher über Deutschland (vor allem über die Nazi-Zeit), einen Band Shakespeare, die Märchen von Andersen und den Gebrüdern Grimm, das Nibelungenlied, Edith Hamiltons *Mythology*, Werke von Goethe und Heine, *Der Struwwelpeter*, die Bildergeschichten von Wilhelm Busch. Es war meine Mutter, die mir das Buch über Sun Yat-sen gab und, als ich ein bisschen älter war, eins ihrer Lieblingsbücher, *Die gute Erde*, eine Kindergeschichte für Erwachsene. Pearl S. Buck war eine Missionarin, die viele Jahre in China lebte. (Angeblich überzeugten Missionare die Changs, zum Christentum zu konvertieren. Von was? Buddhismus? Taoismus? Die Mutter meines Vaters war mit großer Sicherheit römisch-katholisch. Er selbst gehörte keiner Kirche an.) Pearl S. Buck schrieb vierundachtzig Bücher, gründete ein Heim für asiatisch-amerikanische Kinder und gewann den Nobelpreis.

Die gute Erde. China ein Land der Hungersnöte und Plagen – unzählige Geburten eine davon. Die Geburt einer Tochter ein schlechtes Omen. »Diesmal ist es nur eine Sklavin – nicht der Rede wert.« Kleine Mädchen wurden ganz selbstverständlich verkauft. Wuchsen auf, um Konkubinen mit Namen wie Lotus und Kuckuck und Birnenblüte zu werden. Frauen mit Füßen wie die winzigen Hufe eines Rehkitzes. Unterwürfige Ehefrauen, die sechs Schritte hinter ihren Männern trippelten. All das erfüllte mich mit Angst. In unserem Zuhause war der Mann demütig und eingeschüchtert.

Abgesehen von der Zeitung habe ich meinen Vater nie lesen gesehen. Er las die *Reader's Digest* nicht, die er sammelte. Er wäre nicht in der Lage gewesen, *Die gute Erde* zu lesen. Ich bin sicher, dass er in keiner Sprache flüssig schreiben konnte. Je älter ich wurde, umso mehr hielt ich ihn für einen Analphabeten. Es fiel mir schwer, zu akzeptieren, dass er keine Bücher las. Nehmen wir an, ich würde Schriftstellerin. Er würde nicht lesen, was ich schrieb.

Er hatte seinen eigenen Schrank in der Eingangsdiele. Jeden Abend, wenn er von der Arbeit nach Hause kam, zog er sich, kaum war er durch die Tür, sofort um, draußen in der Diele. Er zog seinen Anzug aus und seinen Bademantel an. Er trug immer einen Anzug zur Arbeit, doch im Krankenhaus zog er einen weißen Arbeitskittel und eine weiße Hose an, und im Restaurant trug er eine schwarze Hose, ein weißes Jackett und eine schwarze Fliege. Auf den wenigen Fotos, die es von ihm gibt, ist er oft in Uniform – in seiner Soldaten-, seiner Krankenhaus- oder seiner Kellneruniform.

Obwohl er nicht eitel war, legte er Wert auf sein Aussehen. Er kaufte seine Anzüge in einem edlen Männerbekleidungsgeschäft in der Fifth Avenue und pflegte sie pedantisch. Er hatte einen Horror vor billigem Stoff und Kunstleder und einen ebensolchen Horror vor Schlamperei. Sein Schrank war vorbildlich aufgeräumt. Im obersten Fach, wo er seine Hüte aufbewahrte, lagerte ein großes Sortiment – ein Vorrat fürs ganze Leben, schien mir – an Kaugummi, Hustenbonbons und Pfefferminzdrops. In diesem Fach lagen auch seine Zigaretten und Zigarren. Der Schrank roch so wie er – nach Tabak und Minze und der Rosenwasser-Glyzerin-Creme, die er für seine trockene Haut benutzte. Kein unangenehmer Geruch.

Er war klein. Mit vierzehn war ich schon so groß wie er, und schließlich sollte ich ihn überragen. Ein adretter Sprössling von einem Mann, zierlich, aber nicht schwächlich, penibel, aber nicht unmännlich. Ich wunderte mich ständig über seine sauberen Fingernägel und seine guten Zähne, die nicht eine Füllung benötigten. Als ich geboren wurde, hatte er sein Haupthaar überwiegend verloren, wodurch seine gewölbte Stirn noch größer wirkte, sein Mondgesicht noch runder. Vielleicht lag es am kupfernen Ton seiner Haut, dass manche Leute ihn für einen indigenen Amerikaner hielten – Leute, die wahrscheinlich nie einen gesehen hatten.

Er konnte grausam sein. Einmal habe ich gesehen, wie er der Katze Pfeffer ins Gesicht blies. Er hasste die Katze, einen griesgrämigen, unerziehbaren Kater, den wir auf der Straße gefunden hatten. Aber ein anderes Geschöpf, das wir aufnahmen, mochte er sehr, einen verwaisten jungen Spatzen. Wider Erwarten überlebte der Vogel und lernte zu fliegen. Doch wir hatten Angst, dass er sich in der freien Wildbahn nicht würde behaupten können, und beschlossen, ihn zu behalten. Mein Vater saß manchmal neben dem Käfig, beobachtete den Vogel und gurrte ihm auf Chinesisch zu. Meine Mutter war amüsiert. »Seht ihr: Zu dem Vogel hat er mehr zu sagen als zu uns!« Der Kaiser und seine Nachtigall, nannte sie die beiden. »Die Chinesen haben ihre Vögel immer geliebt.« (Was niemand von uns wusste: Genau zu dieser Zeit wurde in China das Halten von Vögeln als bürgerliche Affektiertheit verboten, und Spatzen wurden als Schädlinge getötet.)

Es stimmte, dass mein Vater immer weniger zu uns zu sagen hatte. Er verschwand immer mehr aus unserem Leben. Es waren meine Teenagerjahre. Damals sah ich nicht deutlich, was passierte, und lange Zeit danach, wann immer ich versuchte, zurückzublicken, überkam mich Panik, und ich konnte überhaupt nichts sehen.

Mit sechzehn dachte ich nicht mehr daran, Schriftstellerin zu werden. Ich wollte tanzen. Jeden Tag fuhr ich nach der Schule zum Ballettunterricht in die Stadt. Um halb neun kam ich nach Hause, ungefähr zur gleichen Zeit wie mein Vater, und so aßen wir während dieser Zeit gemeinsam zu Abend. Und viel später, im Rückblick, wurde mir klar, dass ich damals meine Chance gehabt hatte – und nicht nutzte. Da ich jeden Abend mit meinem Vater allein war, hätte ich ihn kennenlernen können. Ich hätte ihm all die Fragen stellen können, mit denen ich jetzt ohne Antworten leben muss. Natürlich hätte er nur widerwillig über sich geredet. Aber mit Geduld hätte ich ihn vielleicht aus der Reserve locken können.

Oder vielleicht auch nicht. So wie ich mich erinnere, war die Person, die mir am Küchentisch gegenübersaß, eine Figur in einem Glaskasten. Das war nicht das Gesicht von jemandem, der nachdachte, etwas fühlte oder auch nur tagträumte. Es war ein Gesicht aus Lehm, das darauf wartete, dass ihm Leben eingehaucht wurde.

Falls mir jemals der Gedanke kam, dass mein Vater alt wurde, dass er erschöpft war, dass seine Gesundheit nachließ, so erinnere ich mich nicht daran.

Er arbeitete noch immer sieben Tage die Woche. Manchmal versäumte er das Abendessen mit mir, weil die Spülmaschine kaputt war und er bis spät im Krankenhaus bleiben musste. Eine Weile lang arbeitete er samstags zwei Schichten und kam erst nach Hause, als wir schon schliefen.

Nach dem Essen blieb er am Küchentisch sitzen, rauchte und trank sein Bier aus. Er setzte sich nie zu uns ins Wohnzimmer vor den Fernseher. Er saß allein am Tisch und starrte an die Wand. Er bemerkte es kaum, wenn jemand wegen irgendetwas in die Küche kam. Seine Unaufmerksamkeit war der größte Familienwitz. Meine Mutter schnitt sich oder einer von uns das Haar und sagte: »Pass auf: Dein Vater wird es nicht merken.« Und sie hatte recht.

Meine Schwestern und ich bedauerten sein hartnäckiges Meiden des Wohnzimmers. Einmal im Jahr gab er nach und gesellte sich zu uns um den Weihnachtsbaum, aber nur widerwillig; wir mussten ihn darum bitten.

Ich wusste vage, dass er außerhalb unseres Zuhauses weiterhin ein Sozialleben hatte, ein Leben in Chinatown.

Er wettete noch immer auf Pferde.

Zu diesem Zeitpunkt fanden keine Familienausflüge mehr statt. Wir unternahmen nie etwas gemeinsam als Familie.

Doch jeden Sonntag kam mein Vater mit Eis für uns alle nach Hause.

Er und meine Mutter stritten immer weniger – nur noch selten auf die alte bösartige Weise –, aber das bedeutete nicht, dass Frieden herrschte. Nie ein Wort oder eine Geste der Zuneigung zwischen ihnen, nicht einmal vorgetäuschte Zuneigung »um der Kinder willen«.

(Fernsehen: Die Familiensendungen am Vorabend. Während der unvermeidlichen Szenen, wenn Liebe und Loyalität der Familie bekräftigt wurden, war das Unbehagen im Wohnzimmer mit Händen zu greifen. Ich glaube, wir schämten uns alle dafür, wie weit von diesem Ideal entfernt sich unsere Familie befand.)

Er arbeitete und sparte, damit seine Kinder aufs College gehen konnten, aber er interessierte sich nicht für ihr Leben in der Schule. Gute Zeugnisse belohnte er jedoch mit Geld. Er ging nicht zu Schulveranstaltungen, zu denen Eltern eingeladen waren; er musste immer arbeiten.

Er sah mich nie tanzen.

Er faszinierte meine Freundinnen, die mich ärgerten, weil sie ihn wie eine Figur in einem Glaskasten betrachteten. Kommt er nie aus der Küche? Sagt er nie etwas? Ich war wütend auch auf ihn, weil er das zu tun schien:

bereitwillig einem Stereotyp zu entsprechen – undurchdringlich, zurückhaltend, komischer kleiner Chinese.

Und warum war er nicht in der Lage, Englisch zu lernen?

Er entwickelte diesen harten keuchenden Husten, den er nie mehr loswurde. Der Arzt machte die Zigaretten verantwortlich, deswegen versuchte mein Vater, nur noch Zigarren zu rauchen. Der Husten war nachts besonders schlimm. Er hielt meine Mutter wach, und sie begann auf der Wohnzimmercouch zu schlafen.

Ich war die Einzige, die aufs College ging, und ich bekam ein Stipendium. Mein Vater gab das Geld, das er gespart hatte, meiner Mutter, die davon einen brandneuen Mercedes kaufte, das erste Auto der Familie.

Er war nicht wie alle anderen. Eigentlich war er wie kein anderer, den ich je kannte. Doch ich musste an meinen Vater denken, als ich zum ersten Mal dem »kleinen Mann« der russischen Literatur begegnete. Ich dachte viel an ihn, als ich die Erzählungen von Tschechow und Gogol las. Als ich *Elend* las, erinnerte ich mich an meinen Vater und den Spatzen, und eine neue Möglichkeit präsentierte sich mir: Mein Vater war nicht jemand, der nicht sprach, sondern jemand, dem niemand zuhörte.

Und er war wie eine Figur in einer Erzählung auch in dem Sinn, dass er erfunden werden musste.

Die Silberdollars in einer Zigarrenschachtel. Die *Reader's Digest*, die bis vor meine Geburt zurückreichten. Die Uniformen. Der Tabak-Minze-Rosenwasser-Geruch. Daraus kann ich keinen Vater erfinden.

Ich habe zu lange gewartet. Als ich anfing, Material für seine Geschichte zu sammeln, war verschwunden, was immer an privaten Dokumenten oder Unterlagen (und es musste welche gegeben haben) existiert hatte. (Es ließ sich nie feststellen, ob mein Vater selbst sie vernichtet hatte oder ob meine Mutter sie später verlor oder loswurde zwischen Umzügen oder bei einem eifrigen Frühjahrsputz.)

Das Eis am Sonntagabend. Die schwitzende Budweiserflasche auf dem Küchentisch. Der Fünf-, Zehn- oder Zwanzigdollarschein, den er aus der Brieftasche nahm, nachdem er auf das Zeugnis geblinzelt hatte. »Huh? Huh?«

Wir müssen ihm so fremd erschienen sein wie er uns. Für ihn müssen wir immer »andere« gewesen sein. Frauen. Dämonen. Nicht anders als andere Dämonen, die einen Asiaten nicht vom anderen unterscheiden konnten, die meinten, chinesisches Essen sei Chopsuey und chinesische Bräuche seien Stoff für Witze. Ich müsste viel älter werden, und er müsste sterben, bevor mir der ganze Horror ins Bewusstsein drang. Und dann drang er tief ein, qualvoll wie ein Pfeil, der sein Ziel trifft.

*

Dämmerung in der Stadt. Dutzende chinesische Männer fahren auf Fahrrädern durch die Straßen mit Kartons frittierter Teigtaschen, Zehn-Zutaten-Lo-Mein und Schweinefleisch süßsauer. Ich bin auf dem Weg zum

Drugstore, als einer mir zuruft: »Miss! Warten, Miss!«
Kein Mann, wie ich sehe, sondern ein Junge, höchstens
achtzehn mit einem hübschen ovalen frischen Gesicht.
»Du – du Chinese!« Es passiert mir nicht zum ersten Mal
im Leben. Ich erkläre es mit so wenigen Worten wie möglich. Es stellt sich heraus, dass der Junge erst ein paar Wochen zuvor aus Hongkong gekommen ist. Sein Englisch
ist unverständlich. Er ist durcheinander, als er herausfin-
det, dass ich nicht Chinesisch spreche. Er sagt: »Kann
ich. Deinen Vater. Jetzt.« Ich brauche einen Moment, um
zu begreifen. Ach, er bittet darum, meinen Vater zu treffen. Ich bringe es nicht über mich, zu erklären, dass mein
Vater tot ist, und sage, dass er nicht in der Stadt lebt. Der
Junge bleibt hartnäckig. »Aber irgendwann besuchen.
Und dann ich jetzt?« Sein inständiges Verhalten verwirrt
mich. Will er Chinesen kennenlernen? Arbeitet er nicht
in einem chinesischen Restaurant? Weiß er nicht von
Chinatown? Angst steigt in mir auf. Er ist so ernst und
entschlossen. Mir entgeht etwas. Kurz darauf habe ich
versprochen, dass mein Vater, wenn er in die Stadt
kommt, in das Restaurant, in dem der Junge arbeitet, gehen und ihn aufsuchen wird. Der Junge fährt erfreut davon, und ich setze meinen Weg zum Geschäft fort. Ich
suche eine Zahnpasta aus, als er plötzlich neben mir steht.
Er gibt mir einen gefalteten Zettel. Zwei Telefonnum-
mern und eine Nachricht in chinesischen Schriftzeichen.
»Für Vater.«

Er war sechzig, als er in Rente ging, aber sein Arbeits-
leben war noch nicht vorbei. Er nahm einen Teilzeitjob

als Bote bei einer Bank an. Als ich an Weihnachten nach Hause kam, befand er sich in einem schlechten Zustand. Sein Raucherhusten hatte sich verschlimmert, und er hatte Schmerzen in den Beinen und im Rücken, die kurz zuvor als Arthritis diagnostiziert worden waren.

Doch es war nicht der Raucherhusten, und es war nicht die Arthritis.

Einen Monat später hörte er früher als üblich auf zu arbeiten, weil er solche Schmerzen hatte. Er schaffte es bis zum Bahnhof, aber als er in den Zug einsteigen wollte, kam er die Trittbretter nicht hinauf. Zwei Schaffner mussten ihn stützen. Zu Hause legte er sich sofort ins Bett und wachte wie üblich mitten in der Nacht hustend auf, und dieses Mal hustete er Blut.

Sein Zustand verschlechterte sich so schnell, dass er mich kaum mehr erkannte, als ich ins Krankenhaus kam. Während der nächsten Woche konnten wir anhand seines Murmelns die rückwärts gerichtete Reise verfolgen, die er unternahm. (»Ich muss zurück zum Stützpunkt – sie werden glauben, dass ich mich unerlaubt von der Truppe entfernt habe!«) Ich habe es zwar selbst nicht gehört, mir wurde jedoch gesagt, dass er meine Mutter verfluchte und ihr vorwarf, dass ihr nie etwas an ihm gelegen habe. Am Ende der Woche sprach er, wenn er überhaupt etwas sagte, nur noch Chinesisch.

Eines Morgens kam ein Priester. Niemand hatte nach ihm geschickt. Er hatte zweifellos aufgrund des Namens angenommen, dass der Patient Hispano und katholisch war, und wollte ihm die Letzte Ölung verabreichen. Niemand von uns hatte den Willen, ihn aufzuhalten, und so wurden wir Zeuginnen eines letzten Rätsels: Mein Vater, der, soweit wir wussten, keiner Religion angehörte, bekreuzigte sich kraftlos.

Die chinesischen Fragmente hörten auf. Es war nur noch Keuchen zu hören, unterbrochen von einem scharfen Nach-Luft-Schnappen, wie man es macht, wenn einem einfällt, dass man etwas Wichtiges vergessen hat. Am Ende waren seine Hände ruhelos. Er wiederholte immer wieder die gleiche Geste: Er legte die Hände zusammen und schob sie hinauf zur Brust, als wollte er etwas zu sich heranziehen.

Jetzt sollen andere sprechen.

»Die Zeit nach dem Krieg war schrecklich. Wir hatten alle Todesangst, wir wussten nicht, was mit uns passieren würde. Manche Soldaten hatten wirklich Spaß daran, sie wollten nichts mehr als uns um Gnade flehen sehen. Die Sieger! Oh, sie waren Dreckskerle, viele von ihnen. Doch dein Vater hatte Mitleid mit uns. Er hat versucht zu helfen. Und nicht nur unserer Familie, sondern auch den Nachbarn. Er hat uns Geld gegeben. Er hatte die Brieftasche immer in der Hand. Und er brachte immer Sachen vom Stützpunkt mit, Kaffee und Schokolade – Dinge, die man nirgends bekam. Und auch nachdem er in die Staaten zurückgekehrt war, schickte er Pakete. Nicht nur uns, sondern allen Leuten, die er kennengelernt hatte. Frau Meyer. Den Schweitzern. Sie reden immer noch davon.« (Meine Großmutter.)

»Wir wissen, dass der Krebs zuerst in der rechten Lunge auftrat, aber als wir ihn zu sehen bekamen, hatte er schon gestreut. Er war in beiden Lungen, in der Leber und in den Knochen. Er war ein sehr kranker Mann, und er war seit Langem krank. Ich würde sagen, dass der Tumor in seiner rechten Lunge mindestens fünf Jahre lang gewachsen war.« (Der Arzt.)

»Er hat damals viel getrunken, und das hat deiner Mutter nicht gefallen. Aber er war lustig. Er liebte diesen Sänger – den Cowboy –, wie hieß er noch mal? Ich habe es vergessen. Jedenfalls hat er die Musik aufgelegt und mitgesungen. Deine Mutter hat sich die Ohren zugehalten.« (Meine Großmutter.)

»Mir hat nicht gefallen, wie er aussah. Er hat nichts gesagt, aber ich wusste, dass er Schmerzen hatte. Ich habe mir gesagt, das ist nicht Arthritis – nie und nimmer. Ich wollte, dass er zu meinem Arzt geht, aber er wollte nicht. Ich war kurz davor, es ihm zu befehlen.« (Der Chef meines Vaters in der Bank.)

»Er hasste Katzen, und die Katze wusste es, und sie ist ihm immer auf den Schoß gesprungen. Jedes Mal, wenn er sich gesetzt hat, ist ihm die Katze auf den Schoß gesprungen, und wir haben gelacht. Aber man hat gesehen, dass es ihm wirklich was ausmachte. Er hat gesagt, dass Katzen Unglück bringen. Wenn einem eine Katze auf den Schoß sprang, war es ein schlechtes Omen.« (Karl, der jüngere Bruder meiner Mutter.)

»Er konnte überhaupt nicht tanzen – oder er wollte nicht –, aber er hat geklatscht und zu den Platten mitgesungen. Er trank gern, und er spielte gern. Deine Mutter hat sich deswegen Sorgen gemacht.« (Frau Meyer.)

»Vor der Besetzung hatte niemand in dieser Stadt einen

Asiaten oder einen Schwarzen gesehen.« (Meine Großmutter.)

»Er hat nie viel gegessen, er wollte nicht, dass man
für ihn kocht, aber er mochte deutsches Bier. Er hat
allen Zigaretten mitgebracht. Wir haben ihm Schnaps
gegeben. Er hat uns Cowboysongs vorgespielt.« (Frau
Schweitzer.)

»Wollt ihr nicht um alles in der Welt wissen, was er
sagt?« (Der Patient im Bett neben dem meines Vaters.)

»Wenn er nicht getrunken hat, war er sehr schüchtern.
Er hat einfach nur neben deiner Mutter gesessen, ohne
etwas zu sagen. Er hat dagesessen und sie nur angestarrt.«
(Frau Meyer.)

»Er mochte Blondinen. Er liebte blondes Haar.« (Karl.)

»Wir konnten absolut nichts für ihn tun. Das Erstaun-
liche ist, dass er gearbeitet hat bis zu dem Tag, als er ins
Krankenhaus kam. Ich weiß nicht, wie er das gemacht
hat.« (Der Arzt.)

»Das Singen war seine Art, mit uns zu reden, weil er
überhaupt kein Deutsch konnte.« (Meine Großmutter.)

»Ja, natürlich, ich erinnere mich. Es war Hank Wil-
liams. Er hat die Platten immer wieder gespielt. Hill-
billy-Musik. Ich dachte, ich werde verrückt.« (Meine
Mutter.)

Hier sind die Titel von ein paar Songs von Hank Wil-
liams:

Honky Tonkin'. Ramblin' Man. Hey, Good Lookin'.
Lovesick Blues. Why Don't You Love Me Like You Used
To Do. Your Cheatin' Heart. (I heard that) Lonesome

Whistle. Why Don't You Mind Your Own Business. I'm So Lonesome I Could Cry. The Blues Come Around. Cold, Cold Heart. I'll Never Get Out of This World Alive. I Can't Help It If I'm Still in Love With You.

2. Teil

Christa

Angeblich war mein erstes Wort *Coca-Cola*, und es gibt einen Schnappschuss von mir mit achtzehn Monaten, wie ich durch einen Park laufe und eine volle Flasche an mich drücke. Offenbar habe ich diese Coke Leuten wegge-nommen, die neben uns picknickten. Ich habe immer geglaubt, dass ich mich an diesen Augenblick erinnere – die kalte Flasche an meinem Bauch, meine taumeln-den stampfenden Beine, in mir sprudelnde Schlitzohrig-keit und Freude und Aufregung –, doch jetzt denke ich, dass ich mir das alles in einem späteren Alter nur vorge-stellt habe, nachdem ich das Bild oft und lange betrach-tet hatte.

Hier ist etwas, an das ich mich erinnere. Nach der Grundschule zur Mittagszeit auf dem Weg nach Hause: Vielleicht passierte es nur einmal oder es passierte jeden Tag. Ein Stück des Heimwegs führte mich durch leere Straßen. Ich war allein und hatte Angst. Die Glocke zur Mittagspause läutete, und wie auf ein Signal hin begann ich zu rennen. Das Trommeln meiner Füße und mein Schnaufen wurden zu jemandem oder etwas hinter mir. Und ich weiß noch, wie ich dachte, dass alles gut wäre, wenn ich nur zu Hause wäre bei meiner Mutter und ihren blauen, blauen Augen.

Hier ein paar Zeilen von Virginia Woolf: »... nichts kann den Ort der Kindheit einnehmen. Ein Blatt Minze beschwört ihn herauf: oder eine Tasse mit einem blauen Ring.«

Manchmal – jetzt – bin ich in einer fremden Stadt. Ich gehe vielleicht mittags eine ruhige Straße entlang. Eine Fabrikglocke schrillt, und ich spüre eine Strömung im Blut, als wäre man mir mit einem feuchten Schwamm den Rücken hinuntergefahren.

Woolf dachte an eine glückliche Kindheit, aber spielt es eine Rolle? Ein anderer Schriftsteller, dessen Verwandte in einem Konzentrationslager umgebracht worden waren, erinnert sich Jahre später, als er in einem Buch blättert, dass ihn Fotos von Hitler rührten, weil sie ihn an seine Kindheit erinnerten.

Die Augen meiner Mutter wurden vergrößert durch wohlgeformte Brauen, die mir wie Engelsflügel vorkamen. Die Bögen verliehen ihrem Gesicht einen Ausdruck skeptischer Verwunderung. Wenn ihr etwas nicht passte, verzog sie die Brauen; der Bogen sank; die Welt stürzte auf mich herab.

Ich erinnere mich an eine birnenförmige Shampooflasche, die auf dem Badewannenrand stand. »Mit Zitronensaft. Nur für blondes Haar.« Im Lauf der Jahre wurde ihr Haar dunkler, und sie begann, es zu bleichen. Auf dem glatten weißen Zeichenpapier im Kindergarten machte auch ich sie blonder, nahm den hellgelben Stift, das Gelb von Frühlingsblumen: Osterglocken, Forsythien.

Andere Züge: Ein breiter Mund. Gute klare Haut. Eine

große Nase. Zu groß, sagten ihre Töchter. (»Was soll das heißen? Eine schöne Nase. Aristokratisch. Die gleiche Nase wie Königin Elizabeth. Ich will keinen kleinen Knopf im Gesicht.«)

Und ihr Gang, der anmutig und nicht anmutig war. Ein leichtes Zucken, wenn sie ging, wie eine Tänzerin mit einer Verletzung.

Und ihre Hände: Lange Finger, weiche Handflächen und eckige Nägel. Geschickte, tüchtige Hände, die gut Dinge verrichten konnten.

So sehe ich sie als Erstes, nicht als Ganzes, sondern als Teile: Zwei Hände, zwei Augen. Zwei Farben: Gelb und Blau.

Die Sozialbausiedlung, in der wir lebten. Die Holzbänke vor jedem Gebäude, wo sich die Frauen bei schönem Wetter trafen. Die Frauen: Mütter alle, noch in den Zwanzigern, aber schon etwas ausgelaugt. Die Breite ihrer Hintern. Ihre steinharten Füße, die in Flipflops steckten. (Das schlampige Geräusch dieser Flipflops, wenn sie gingen.) Das harte Leben von Hausfrauen ohne Geld. Erschöpfung sammelte sich unter ihren Augen und in ihren geäderten Knöcheln. Ein oder zwei kamen regelmäßig mit einer Sonnenbrille, um ein blaues Auge zu verbergen.

Sie redeten, rauchten, feilten sich die Nägel.

Die Zeit vergeht. Die Schatten der Häuser werden länger. Die ersten Sterne sind zu sehen; Mücken. Die Kinder drängen näher, sind still, damit sie nicht weggeschickt werden, kein Rätsel versäumen. »Er hat seine

Mutter geheiratet.« »Ich bin diesen Monat spät dran.« »Sie hat ihr Baby verloren.« »Sie hat einen Knoten ertastet.« »Bei ihr im Bett lag ein Junge.«

Schließlich reißt ein Mann das Fenster auf. »Wollt ihr Mädels die ganze verdammte Nacht da draußen quasseln?«

Zum Teil sehe ich meine Mutter in starkem Kontrast zu diesen Frauen. Zum Teil sah sie sich selbst so. »Ich bin nicht wie diese amerikanischen Frauen.« Ihre Prahlerei, dass sie ein besseres Englisch sprach als sie, war gerechtfertigt. »*Dese* und *dose, youse, ain't*. Wie kann man die eigene Sprache nur so behandeln!« Ihre Grammatik war gut, ihre Orthografie fehlerfrei, ihre Handschrift präzise und schön. Aber sie machte auch Fehler im Englischen. Sie sagte, *spedacular* statt *spectacular* und *exspecially* statt *especially* und *holier than thoo* statt *thou*. Sie sprach von einem *bone of contentment* statt *contention* zwischen zwei Personen. Warf jemandem vor, ein *ne'er too well* statt *ne'er do well* zu sein. Und: »They stood in a motel for a week« statt »stayed«. Gleichgültig, wie oft man sie korrigierte, sie benutzte immer das falsche Verb. Sie wedelte mit den Händen. »Ihr wisst schon, was ich meine!« Und ihr Akzent veränderte sich nie. Manchmal musste sie etwas für eine verwirrte Kellnerin oder Verkäuferin wiederholen.

Aber sie sagte nie *youse*. Sie sagte nie *ain't*.

Elternsprechtag. Meine Mutter kommt mit angewiderter Miene nach Hause. »Deine Lehrerin hat gesagt: ›She does good in history.‹«

Meine Mutter mochte Englisch. »Eine gute Sprache – die gleiche Familie wie Deutsch.« Sie konnte ein schönes angelsächsisches Wort genießen: *murky* (trüb, düster), *smite* (schlagen, zermalmen). Sie las *Beowulf* und *The Canterbury Tales*. Sie kannte Wörter wie *thane* (Lehnsmann, Than) und *rood* (Kreuz Christi) und *sith* (da, weil).

Akzente aus dem Süden oder dem Mittleren Westen, Schwarzes Englisch, all das klang schrecklich für sie.

Ein, zwei britische Redensarten hatten (wie?) Eingang in ihre Sprache gefunden. Und irgendwo hatte sie gelernt zu fluchen. Sie hatte ihre eigenen Regeln. Nur die schlimmste Sorte Person sagte *fuck*. Aber *Bastard* war erlaubt. Und *Scheiße* – sie sagte oft *Scheiße*. Doch wenn sie fluchte, klang sie immer lächerlich. Sie nannte ihre Töchter *Hurensöhne*. Nie war mir so bewusst, dass Englisch nicht ihre Muttersprache war, als wenn sie mir Beleidigungen an den Kopf warf.

Sie hatte nicht viele Gelegenheiten, Deutsch zu sprechen. Wir hatten ein paar Verwandte im Staat New York und in Pennsylvania, und da war eine Frau namens Aga aus München – die erste Freundin meiner Mutter in Amerika, die jetzt in Yonkers lebte. Doch Besuche bei diesen Leuten waren selten, und das ist vielleicht der Grund, warum ich Deutsch anfänglich für eine festliche Sprache hielt, eine Sprache für besondere Anlässe. Die Härte, die so viele nicht deutsche Ohren stört – ich habe sie nie gehört. Wenn mehrere Personen miteinander sprachen, klang es für mich wie eine Art Musik – Musik, die nicht melodisch war, sondern voller Klimpern und Tuten und Raspeln wie eine aufziehbare Spielzeugkapelle.

Hin und wieder fuhren wir mit dem Bus durch die

Stadt zu einem Delikatessengeschäft, das einem Mann gehörte, der ursprünglich aus Bremen war. Meine Mutter nannte ihre Wünsche auf Deutsch, und während der Mann Leberkäse, Blutwurst und Schinken wog und einpackte, unterhielten sie sich. Aber ich war für gewöhnlich draußen und spielte mit dem Dackel.

Wenn sie deutsche Gedichte las, murmelte sie manchmal leise die Zeilen vor sich hin. Dann klang es nicht mehr wie Musik, sondern wie eine Traumsprache: brodelnd, eindringlich, ein bisschen Furcht einflößend.

Sie wollte ihren Kindern nicht Deutsch beibringen. »Es ist nicht eure Sprache, ihr braucht sie nicht, lernt zuerst eure eigene Sprache.«

Mitunter sagte ein amerikanischer Schauspieler im Fernsehen, in einem Kriegsfilm etwa, ein paar deutsche Sätze, und meine Mutter johlte. Wenn Untertitel zu lesen waren, sagte sie, sie seien falsch. Als meine ältere Schwester in der Highschool einen Deutschkurs belegte, überflog meine Mutter das Lehrbuch und warf es in die Ecke. »Ach, so viel falsch!«

Korrektes Deutsch schien sehr schwer zu sein.

In einem meiner Schulbücher befand sich ein Aufsatz über verschiedene Bevölkerungsgruppen und ihren Beitrag zur amerikanischen Gesellschaft. Die Deutschen, denen wir Wernher von Braun verdankten, wurden unter anderem als autoritätshörig beschrieben mit einer Neigung, Befehle auszuführen, ohne sie zu hinterfragen. Das gab mir zu denken. Ich konnte mir nicht vorstellen, dass meine Mutter von irgendjemandem Befehle entgegennahm.

Ich erinnere mich, dass ich in der Schule dafür verspottet wurde, wie ich manche Wörter aussprach. *Maagen*. Und: »Ich habe den ganzen Tag draußen gestanden.« Statt: »Ich bin den ganzen Tag draußen geblieben.« (»Du musst schrecklich müde geworden sein!«) Ich nannte die Punkte, die Deutsche auf manche Vokale setzen, ein *Omelette*. Später, nachdem ich von zu Hause ausgezogen war, musste ich nur ein paar Wörter Deutsch hören oder einen gotischen Schriftzug sehen, und meine Kindheit stürzte mir entgegen.

Meine Mutter sagte: »Englisch ist eine schöne Sprache, man kommt damit fast überall durch. Aber Deutsch ist – tiefgründiger, glaube ich. Eine bessere Sprache für Poesie. Eine romantischere Sprache, besser um – Sehnsucht zu beschreiben.«

Ihr Lieblingsdichter war Heine.

Sie sagte: »Es gibt viele deutsche Wörter, für die ihr keine englische Entsprechung habt. Und es ist komisch – es ist oft ein wichtiges Wort, das so viel bedeutet. *Weltschmerz*. Wie soll man das übersetzen? Und selbst wenn du Deutsch lernst, kannst du nie wirklich ein Wort wie dieses lernen, du wirst nie begreifen, was es bedeutet.«

Aber ich habe es gelernt, und ich glaube, ich weiß, was *Weltschmerz* bedeutet.

Mein erstes Buch war eine Übersetzung aus dem Deutschen: Die Märchen der Gebrüder Grimm. Meine Mutter las mir die Geschichten laut vor, bevor ich selbst lesen lernte. Was mich faszinierte, waren nicht so sehr die Abenteuer, nicht die Moral, sondern die Details: ein goldener Schlüssel, eine smaragdgrüne Schachtel, Stiefel aus Büffelleder. Die Fremdheit und Schönheit von Namen wie Gretel und Rapunzel, vor allem, wie meine Mutter sie aussprach. Die Vorstellung der Verzauberung war verwirrend. Man konnte nicht immer glauben, was man sah. Die zwölf Tauben, die im Gras pickten, konnten zwölf verzauberte Prinzen sein. Vielleicht fehlte im eigenen Haushalt einfach nur der richtige Zauber. Auf das richtige Wort hin flog dir vielleicht einer dieser Vögel mit einem goldenen Schlüssel im Schnabel auf die Hand, und dieser Schlüssel öffnete die Tür zu weiß Gott welchem Schatz. Meiner Mutter war mit allen Nachbarinnen gemein: die Überzeugung, dass wir nicht in diese Sozialbausiedlung gehörten. Draußen auf den Bänken wurde viel davon gesprochen, rauszukommen. Es war alles ein Irrtum. Wir standen alle unter einem Zauber – dem Zauber der Armut. Was ist ein Zuhause? Wir Siedlungskinder malten Bilder von Häusern mit einem spitzen Dach und einem Kamin darauf und Gärten mit Bäumen. Meine Mutter sagte, »Jede anständige Familie zieht fort«, als unsere Nachbarn einer nach dem anderen wegzogen. »Wir kommen hier nie raus, wir bleiben als Letzte übrig.« Was sie meinte, war: die letzte weiße Familie.

Metamorphosen. Zuerst die Märchen, dann die griechischen Mythen – jahrelang nährte sich meine Phantasie von dieser der magischsten aller Möglichkeiten: Ein Mensch konnte in ein Geschöpf, in einen Baum verwandelt werden. Im Lauf der Zeit führte es zu Ärger.

Ich sehe sie noch vor mir, Mrs. Wynn, ein Zweig von einer Frau mit einem langen Kinn und tief liegenden

Augen: meine Lehrerin. So wie meine Mutter sie nachahmte, wurde Mrs. Wynn zu einer Hexe aus einem der Märchen. »Ihre Tochter sagt: In meinem ersten Leben war ich ein Kaninchen, in meinem zweiten ein Baum. Ich finde, sie ist zu alt, um solche Geschichten zu erzählen.« Und dann ahmte meine Mutter sich selbst nach, ganz blauäugige Unschuld: »Woher wollen Sie wissen, dass sie kein Kaninchen war?«

Oh, wie sehr ich sie liebte.

Weil meine Mutter es mir gab, las ich ein Buch mit deutschen Sagen, aber ich mochte sie nicht. Heroismus im wilden nordischen Maßstab war nichts für mich. Ich zog die Helden der Hausmärchen Siegfried vor: einfache Hänsel, Bauern und Schneider und ihre treuen Pferde und Hunde. (Ein paar Jahre später las ich am liebsten nur noch von Pferden und Hunden.) Ihre Vorliebe für Legenden des Rittertums oder die Liebesgeschichten des Mittelalters teilte ich nicht. Das Epos war ihr Genre. Sie liebte Geschichten – legendäre und historisch verbürgte – über heldenhaftes Streben, Eroberungen und große Reiche, Königshäuser und Höfe. Die Lebensgeschichten von Alexander dem Großen und Napoleon waren ihre Lieblingslektüre. (Sie war eine Mutter, die ihr jüngstes Kind an Halloween nicht als Hexe oder als Tambourmajorin verkleidete, sondern als Gespenst des großen Cäsar – Toga aus Kopfkissenbezügen, Kranz aus Philodendronblättern – und damit nicht nur alle Kinder, sondern auch ein paar Lehrer verblüffte.) Daneben las sie stapelweise Taschenbuchliebesromane – ihre sogenannte Alltagslektüre.

Eines Tages kam ich nach Hause und fand sie mit einer Ausgabe von *Lolita* vor. Die Frau unter uns hatte gehört, dass es ein gutes schmutziges Buch war, und es gekauft. Enttäuscht gab sie es an meine Mutter weiter. (»Und ist es schmutzig?« »Nein, nur ein sehr albernes Buch von einem sehr schlauen Mann.«)

Die »guten« Bücher, die behalten wurden, standen ungeordnet in einem kleinen Kiefernholzregal, dessen oberstes Brett Pflanzen vorbehalten war. Um an bestimmte Bücher heranzukommen, musste man die Ranken auseinanderschieben. Meine Mutter liebte die Faustlegende. Goethes Version war noch weit jenseits von mir, aber was ich von der Geschichte mitbekam, war nicht sehr vielversprechend. Mir gefielen Geschichten über den Teufel, aber Fausts Ehrgeiz fand keinen Anklang bei mir. Ich war ein Kind von beschränkter Neugier. Ich wollte die Katze reden hören, und mir war gleichgültig, wie das bewerkstelligt wurde. Wissen ist gleich Macht war eine leere Formel für mich. Ich war nie gut in Naturwissenschaften.

Shakespeare in einem Band. Die gekürzten Biographien von Plutarch. Im Vorwort zu seinen Stücken las ich, dass Shakespeare Plutarch als Quelle benutzt hatte. Zuerst meinte ich, es missverstanden zu haben. Dann verspürte ich einen plötzlichen Stich: Die Welt war kleiner, als ich gedacht hatte. Aus unerfindlichem Grund war das schmerzhaft für mich.

Ich erinnere mich an ein Buch, das mir meine Lehrerin in der vierten Klasse schenkte. Ein dicker, dunkelgrüner rauer Umschlag, angenehm anzufassen. Eine Geschichte über Einwanderer. Ein Mann sprach mit einem anderen über eine junge Frau, die gerade aus ihrem alten Land angekommen war. Ein Satz blieb haften, ebenso die Gefühle, die er hervorrief. Ich war sowohl gerührt als auch abgestoßen. »Auf ihren Lippen ist noch Muttermilch.«

Meine Mutter nannte es nie ihr altes Land. Sie sagte *mein Land* oder *Deutschland* oder *Zuhause*. Normalerweise *Zuhause*. Wenn sie von Zuhause sprach, hatte sie meine ungeteilte Aufmerksamkeit. Ich konnte immer wieder (und hörte immer wieder) Geschichten hören über ihr Leben *bevor* – bevor sie heiratete, bevor sie Mutter wurde, als sie nur Christa war.

Sie war eine gute Geschichtenerzählerin. Zum einen sprach sie Englisch mit der Kraft und Präzision, mit der sie Deutsch sprach. Und sie benutzte alles – Augen, Hände, jeden Muskel im Gesicht. Sie war gut darin, andere zu imitieren, es war gespenstisch, wie sie zu der Person wurde, die sie nachahmte, und wenn diese Person man selbst war, bekam man einen Vorgeschmack von der Hölle.

Sie war das Gegenteil meines Vaters. Sie redete die ganze Zeit. Sie war stets bereit, in Erinnerungen zu schwelgen – doch das ist ein milder Ausdruck für den vorsätzlichen Akt, den sie beging. Das Heraufbeschwören der Vergangenheit schien eine Berufung für sie zu sein. Die Gegenwart war der Sozialbau, die analphabetischen Nachbarn, eine Familie, die mehr *erlitten* als gewählt war, denn sie hatte keine Wahl gehabt. Die Vergangenheit war der Ort, an dem sie lebte, an dem ihr Wesen war. Sie war ihre Jugend und ihr Zuhause. Sie war zudem voller Schrecknisse. Ich kann mich an keine Zeit erinnern, als sie mich für zu jung hielt, um Geschichten über Krieg und Tod zu hören. Aber wir waren beide mit Märchen aufgewachsen – und was waren ihre Geschichten, wenn nicht weitere Märchen, voller Schönheit und Schrecken.

Sie war ein junges Mädchen gewesen, wie ich – aber wie anders als meine war ihre Kindheit verlaufen. Und ich zweifelte nie daran, dass das, was sie war, was sie gewesen war und woher sie kam, mir und meiner Welt überlegen war. (»Was ihr Amerikaner Schulbildung nennt!« »Was ihr Amerikaner Eiskaffee nennt!«)

In meiner Erinnerung sehe ich immer vor mir, wie ich versuche, sie zum Reden zu bringen. Schweigen war ein schlechtes Zeichen bei ihr. Wenn sie wirklich verärgert war, sprach sie nicht mit einem, reagierte nicht einmal, wenn man sie ansprach. Mit meiner ältesten Schwester sprach sie einmal wochenlang nicht.

Gegen Ende eines langen langweiligen Tags. Ich habe den Faden in dem Buch verloren, das ich gerade lese. Und wie so oft an einem Samstag um diese Uhrzeit weiß ich nichts mit mir anzufangen. Draußen wird es dunkel. Im Fernsehen läuft nur Sport. Meine Mutter sitzt mir gegenüber im Zimmer und strickt. Sie sitzt auf dem Sofa, ein Bein unter sich gezogen. Sie trägt ihre marineblaue Jacke mit den silbernen Knöpfen, die sie selbst gestrickt hat und die ich eines Tages mitnehmen werde, damit ich etwas von ihr habe, wenn ich weggehe. (Ich habe sie immer noch.) Das leise rhythmische Klacken der Nadeln. Zu ihren Füßen tanzt ein Wollknäuel, läuft hierhin und dorthin auf der Suche nach einem Kätzchen zum Spielen. Auf ihrer Stirn und Oberlippe die Fältchen der Konzentration. Wird sie genervt sein, wenn ich sie unterbreche? (Sie ärgert sich so leicht!) Ich schlage das Buch auf meinem Schoß zu und sage: »Erzähl mir noch mal, wie sie gekommen sind und meinen Großvater nach Dachau gebracht haben.«

Motorradfreaks ist ein Wort, das man heute für die Männer in der Familie meiner Mutter benutzen würde. Die Hälfte der Fotos von ihnen, die ich gesehen habe, zeigt sie mit einem motorisierten Fahrzeug. Mein Großvater und meine Onkel und viele ihrer Freunde fuhren Rennen. Auf den Fotos tragen sie schwarze Lederjacken und Helme. Manchmal hält jemand eine Trophäe. Auf einem erstaunlichen Foto kommen mein Großvater und fünf andere Männer um eine Kurve, in einer schiefen Pyramide, alle auf einem Motorrad. Die Geschichten raubten mir den Atem. Motorradrennen über einen zugefrorenen See. Spektakuläre Unfälle mit vielen Opfern. Gebrochene Wirbelsäulen, bis zum letzten Zahn ausgeschlagene Zähne, sofortiger Tod. Was waren das für Männer? Sie liebten die Geschwindigkeit. Trotzten dem Tod. Deutsche. Ski fuhren sie auch.

In dem Jahr, in dem ich geboren wurde, eröffnete mein Großvater eine Autowerkstatt in der schwäbischen Stadt, in der er sein ganzes Leben verbrachte, eine Firma, die er später dem älteren seiner zwei Söhne übergab. Ich erinnere mich nicht an ihn, da ich ihm nur einmal begegnet bin, als ich als Kind nach Deutschland gebracht wurde. Die Erinnerung an meine Großmutter gehört andererseits zu den lebhaftesten, die ich habe. »Du hast sie nur einmal angeschaut und gesagt, dass sie eine Hexe ist.« Ich wusste mit zwei also bereits von Hexen. Auf den Fotos hat sie tatsächlich das Sichelprofil einer Hexe. Und ich tat gut daran, Angst vor ihr zu haben. Sie sperrte mich in einen dunklen Schrank, wo ich so laut schrie, dass die Nachbarn kamen.

Meine Großeltern waren zusammen aufgewachsen. Das kinderlose Ehepaar, das neben der Familie meines Großvaters lebte, hatte meine Großmutter, ein uneheliches Kind, adoptiert. Im Sommer war der schmale Garten zwischen den zwei Häusern erfüllt von Schmetterlingen. Von meinen Großeltern hieß es, dass sie sich immer nur für den jeweils anderen interessiert hatten und dass sie sich ihr Leben lang sehr ähnlich sahen. Meine Großmutter war bekannt für ihr Temperament. Während des Kriegs, als es unmöglich war, an Schuhe zu kommen, und ihr Sohn Karl einen Schuh seines einzigen Paars verlor, schlug sie mit dem anderen Schuh auf seinen Kopf ein; die Narbe hat er noch heute. Wann immer meine Mutter, das älteste Kind und die einzige Tochter, von ihrer Mutter sprach, neigte sie dazu, den Mund zu verziehen. (»Wir haben uns nie verstanden.« »Sie mochte keine Mädchen.«) Als ich sie zum zweiten und letzten Mal traf, war ich in den Zwanzigern, und sie hatte nicht mehr lange zu leben. Auch als sie schon im Sterben lag, war sie noch boshaft. Die Gewohnheit, den Arm zu strecken und einen zu zwicken, wenn man an ihr vorbeiging: einfach so, schmerzhaft. Die manch alten Frauen eigene kneifende Boshaftigkeit. Sie erzählte Dinge, die uns unsere Mutter vorenthalten hatte: Zum Beispiel, dass meine beiden Schwestern unehelich geboren waren, und meine Mutter ebenfalls. (»Das wusstest du nicht?«) Sie litt ihr Leben lang unter schlechter Durchblutung und starb an einem Schlaganfall.

Meine Großeltern waren Katholiken, und in dieser Stadt war die katholische Kirche damals eine mächtige Institution. Wie andere katholische Städte auch fügte sie sich etwas langsamer dem Nationalsozialismus. Ich weiß nicht, was mein Großvater glaubte, in welche Gefahr er sich brachte, als er sich kurz vor den Wahlen im November 1933 vor das Rathaus stellte und Anti-Hitler-Flugblätter verteilte. Zuvor hatte er kaum Interesse an Politik gezeigt. Seine Gegnerschaft zu den Nazis wuchs unter dem Einfluss eines Freundes namens Ulli, der vorhatte, nach Amerika zu gehen, sollte Hitler mehr als fünfundsiebzig Prozent der Stimmen erhalten. Die zwei Geschwister meines Großvaters waren bereits in den zwanziger Jahren nach Amerika ausgewandert, doch beide meine Großeltern wollten Deutschland nicht verlassen. Vielleicht beeinflusste auch meine Großmutter ihren Mann in seiner Haltung gegen die Nazis. Ihr Vater war Funktionär in der Sozialdemokratischen Partei gewesen. Unter den Freundinnen ihrer Jugend waren viele Linke, und sie bewunderte Rosa Luxemburg. Sie wurde sofort nach Hitlers Wahlsieg zusammen mit ihrem Mann verhaftet.

»Sie haben uns mitten in der Nacht geweckt.« »Die Gestapo?« »Nein, nein, die Polizei.« Meine Mutter war sechs. »Einer der Polizisten war jemand, den ich kannte, ein alter Mann. Ich habe ihn ständig auf der Straße gesehen, er war sehr nett. Aber nach dieser Nacht hatte ich große Angst vor ihm. Wenn ich ihn jetzt sah, bin ich in die andere Richtung davongelaufen.«

Sie durchsuchten das Haus. Früher am Abend, als meine Mutter schon schlief, war Ulli vorbeigekommen. »Versteckt das für mich.« Eine Pistole, eine Schreibmaschine.

Ein Polizist – »nicht der Alte« – öffnete den Schrank in der Diele, und die Schreibmaschine rutschte aus dem obersten Fach. Er konnte gerade noch rechtzeitig den Kopf wegziehen. »Ich erinnere mich, er wurde knallrot.«

»Gerhard und ich standen auf der Treppe und haben geweint. Karl hat geschlafen und nichts mitgekriegt – er war noch ein Baby.«

Meine Großeltern wurden zu dem wartenden Polizeitransporter hinausgeführt. »Er war schon voller Leute.« »Aus dem Nirgendwo« tauchte eine Frau auf. »Eine völlig fremde Frau. Sie war sehr streng. Sie hat zu uns gesagt, dass wir wieder in unser Zimmer gehen und ja nicht mehr herauskommen sollen.«

Am nächsten Morgen kam meine Großmutter zurück, allein. Später, nach Einbruch der Dunkelheit, holte sie die in der Mauer hinter der Toilette versteckte Pistole und vergrub sie im Garten hinter dem Haus.

Acht Monate zuvor hatte Heinrich Himmler das Konzentrationslager in Dachau errichten lassen. Jetzt befanden sich ungefähr zweitausend Häftlinge dort. Meine Mutter sagte, dass mein Großvater nie viel über die Zeit dort erzählte. »Er schämte sich, etwas so Dummes getan zu haben.« Als er einmal geschlagen wurde, brach eine Rippe, die auf groteske Weise heilte – »wie ein Türknauf auf seiner Brust«. »Du kommst nach Hause«, wurde ihm gesagt, und er wurde mit einer Gruppe anderer Häftlinge in einem Lastwagen zum Bahnhof gefahren. Der Zug kam und fuhr weiter. Die Häftlinge sahen ihn kommen und abfahren. Dann wurden sie zurück ins Lager gebracht. Das passierte viele Male. Sie mussten arbeiten. Das Lager wurde erweitert. Mein Großvater musste elektrische Leitungen legen. Und eines Tages, dreizehn Monate nach seiner Festnahme, wurde er tatsächlich freigelassen und in seiner Häftlingskluft nach Hause geschickt. Meine Mutter spielte auf der Straße, als ein kleines Mädchen zu ihr lief, ganz aufgebracht. »Christa! Dein Papa kommt über die Wiese – und er hat seinen Schlafanzug an!«

»Er hatte Glück.« Ulli kam erst 1945 aus Dachau frei. (Und ging nach Amerika.)

Das Haus meiner Großeltern war konfisziert, ihre Bankkonten waren geschlossen worden. Meine Großmutter war mit den Kindern in das Haus ihrer Schwiegereltern gezogen. Sie hatte Arbeit in einem Vorhanggeschäft gefunden.

Mein Großvater hatte Angst, dass niemand ihn anstellen würde. Er wandte sich an einen alten Freund aus der Zeit am Polytechnikum, der jetzt bei Daimler-Benz war. Es begann eine relativ ruhige Zeit. Mein Großvater fuhr jeden Tag eine halbe Stunde mit dem Zug nach Stuttgart. Er wurde von den Nazis nicht mehr belästigt. Und als sich meine Großmutter nach den Reden Hitlers im Radio weiterhin aufregte – hitlerhaft, laut meiner Mutter –, sagte mein Großvater: »Lass Deutschland seinen Gang gehen.«

Zeit verstrich. Die Synagoge der Stadt wurde geschlossen. Der Dorftrottel, ein obdachloser Mann, der auf der Kirchentreppe bettelte, verschwand. Das größte Kaufhaus ging pleite. Die Gärten der Häuser, in denen Juden lebten, verwilderten. Bestürzung bei den Mendels. Sie wollen nach Amerika, aber Oma ist starrsinnig. Allein schon bei dem Gedanken, den Ozean zu überqueren, muss sie weinen. Schließlich wird ein Kompromiss gefunden: Die Mendels werden mit ihrem kleinen Jungen nach Amerika gehen. Oma geht in die Schweiz. Bevor sie abreist, gibt sie zwei große Koffer in die Obhut meiner Großeltern. »Ich will sie eines Tages wiederhaben.«

1939. Mein Großvater wurde an einem himmelblauen und sonnigen Tag eingezogen. Er war unter den Soldaten, die in Polen einmarschierten, und blieb bis zur Kapitulation Deutschlands in der Armee.

Unterdessen wuchs meine Mutter heran. Überwiegend in einem katholischen Internat in den bayerischen Alpen.

Die Nonnen sind streng. Meine Mutter kommt mit einer Horrorgeschichte nach Hause: eine in den Schlafsaal geschmuggelte Katze, entdeckt von einer Schwester und in den Ofen geworfen! Dennoch schicken ihre Eltern sie zurück.

Für viele der Mädchen, die jedes Jahr wiederkommen, im Alter von sechs bis achtzehn Jahren, ist die Schule das Zuhause. Meine Mutter hat die ganze Zeit Heimweh; doch zu Hause sehnt sie sich nach der Schule, vor allem in den langen Sommerferien.

Am Ende eines Sommers kehren die Schülerinnen zurück und müssen feststellen, dass die Nonnen von Männern und Frauen in Uniform ersetzt wurden. Die Nonnen, wird ihnen gesagt, sind in ihren Konvent zurückgekehrt, wo sie hingehören. Von jetzt an liegt die Erziehung meiner Mutter in den Händen der Nazis.

Im Verlauf der nächsten Jahre sind viele der neuen Lehrer im Krieg verwundete Soldaten: Amputierte; ein Mathe-Lehrer, dessen Gesicht so vernarbt war, dass »wir zuerst glaubten, er würde eine Maske tragen«.

Soweit sie sich erinnert, erwähnt nie jemand die Schmach ihres Vaters; sie wurde nicht anders behandelt als die übrigen Mädchen.

Sie hat gute Noten, aber keine hervorragenden. Im Gegensatz zu ihren Brüdern tut sie sich nicht in Mathe hervor. Sie scheint keinen Ehrgeiz gehabt und nicht davon geträumt zu haben, etwas zu werden.

(Bis zu dieser Zeit hatte ich Mühe, meine Mutter vor mir zu sehen. Selbst mithilfe von Fotos fällt es mir schwer, sie mir als kleines Mädchen vorzustellen. Im Gegensatz zu vielen Menschen ähnelte sie kaum ihrem erwachsenen Selbst. Das sechsjährige Kind, das mit seinem Bruder auf der Treppe weint und vor dem alten Polizisten davonläuft – ich sehe das Mädchen, aber es könnte jedes sein. Doch jetzt beginnt sie, mir vertraut zu werden. Ich kann sie mir vorstellen, ihre Gefühle und ihre Stimmungen. Ich kann sie immer deutlicher sehen: Christa.)

Schulausflüge in die Oper. (»Wer den Nationalsozialismus verstehen will, muss Wagner verstehen.« Hitler.) Heiß und stickig im Rang. Die Qual kratzender Wollstrümpfe. Sie sollte die Oper immer hassen. Heute: »Ich muss nur eine kurze Stelle hören, und meine Füße fangen an zu jucken, als hätte ich sie wochenlang nicht gewaschen!«

Noch etwas, das sie hasste: wenn sie an der Reihe war, sich um die Kaninchen zu kümmern, die von der Schule zum Schlachten gehalten wurden. Der Dreck der Käfige. Die Wildheit eines besonderen Rammlers, den die Mädchen Iwan den Schrecklichen nannten.

Die Hitlerjugend. Uniformen, Zeltlager, Sport. »So wie deine Pfadfinderinnen.«

Die politischen Versammlungen und Siegesparaden. »Zeig mir ein Kind, das keine Paraden mag.« Eine kleine Fahne an einem Stab. Blumen für die Soldaten. Es gab immer etwas zu feiern. Der 20. April: der Geburtstag des Führers. Meine Mutter war gerade zehn geworden. Er marschiert durch die Straßen von München, dreht sich mit ausgestreckter Hand nach rechts und links. Seine Hand ist warm. Anlass für ein Foto. Später in der Schule wird ihr ein Abzug des Fotos überreicht. Sie nimmt es mit nach Hause, stolz, sie ist *jemand*. Ihre Mutter zerreißt es. Meine Mutter droht, es zu erzählen.

Bilder aus der Schule. Meine Mutter in der Winteruniform, sie sieht wie die meisten Mädchen auf komische

Weise stämmig aus. (»Wir hatten darunter wahrscheinlich drei Pullover an.«)

Trude, Edda, Johanna, Klara – die kleine Bande meiner Mutter.

Aus Mädchen werden Frauen. Das eigene winzige
Schicksal eingebettet in das des *Volkes. Frau und Mutter*
in der heroischen Ausprägung, Meisterinnen der ordent-
lichen Küchenschränke und schneeweißen Windeln. Der
Körper: Nichts, weswegen man erröten müsste, sondern
immer mit Respekt zu behandeln. Meine Mutter hat aus-
gezeichnete Noten im Turnen. Sie kann gut sticken und
häkeln.

Tanzstunden. Gesellschaftstänze, die größeren Mädchen führen.

Die herzerwärmende Schönheit der Landschaft, vor
allem während des Sonnenuntergangs. Alpenglühen. Jemand nannte es: Beethoven für die Augen.

Licht aus um neun. Sprechen verboten. Geflüster im
Dunkeln. Geständnisse, Sehnsüchte. Jungen zu Hause.
Lehrerinnen: »Es macht mir nichts aus, dass er nur einen
Arm hat.« Gary Cooper. Die Asse der Luftwaffe. Und:
»Leni Riefenstahl war so schön.«

Im Sommer mussten sie arbeiten, zumindest einen Teil
der Zeit. Man konnte einer Mutter oder auf einem Bau-
ernhof helfen. Man musste einen schriftlichen Nachweis
bringen, dass man nicht die ganzen Sommerferien gefau-
lenzt hatte. Als der Krieg heftiger und man selbst älter
wurde, kam der Arbeitsdienst: Post ausliefern, Fahrkar-
ten in den Trambahnen einsammeln, in einem Büro oder
einer Fabrik arbeiten.

Im letzten Kriegsjahr kamen acht Mädchen, die in derselben Aufklärungszentrale in Stuttgart feindliche Flugzeuge aufspürten, durch eine Bombe um. Darunter Klara, die beste Freundin meiner Mutter.

Die letzten Gefechte. Nur die deutschen Siege werden bekannt gegeben. Aber wer kann nicht die zunehmend düsteren Mienen der Lehrer deuten. Briefe von zu Hause erzählen von eingezogenen Brüdern, die selbst noch in die Schule gehen. »Erich lässt dich grüßen und bittet dich, für ihn zu beten.«

Dennoch, als die Schule geschlossen wird, ist es ein Schock. »Du musst so gut wie möglich einen Weg nach Hause finden. Versuch nicht, zu viel mitzunehmen. Und sei vorsichtig. Überall sind feindliche Soldaten – und manche von ihnen sind schwarz.«

Meine Mutter hatte bereits einen Brief von ihrem Vater an der Front erhalten. »Wenn der Krieg vorbei ist, sei nicht so dumm und versuch, dem Feind davonzulaufen. Wenn du kannst, versteck dich, bis sie vorbei sind. Lass dich nicht von ihnen jagen. Es wird dir nichts nützen, sie werden dich sowieso einholen. Und was immer du tust, geh nicht nach Osten.«

Meine Mutter stieg in einen Zug, aber weit vor ihrer Heimatstadt war das Gleis blockiert, und die Passagiere mussten aussteigen. Entgegen dem Rat hatte sie alle ihre Habseligkeiten eingepackt. Jetzt ließ sie zwei Koffer im Zug und behielt nur ihren Rucksack; den würde sie auch bald zurücklassen.

(Jetzt endlich sehe ich meine Mutter ganz klar vor mir, auf diesem viertägigen Marsch nach Hause.)

Anfänglich ist sie in Begleitung – andere Leute aus dem Zug, die in die gleiche Richtung gehen. Doch die meiste Zeit ist sie allein. Sie hat keine Angst. Ein paar Tage zuvor ist sie achtzehn geworden. Das Gefühl, ein Abenteuer zu erleben, gibt ihr Auftrieb, zumindest eine Zeit lang. Zudem in dieser extremen Situation ein gewisser Schutz: »Das passiert alles nicht wirklich.« Ein Segen: das Wetter. (»Es war ein schöner April.«), und sie ist gut in Form dank der Wanderungen in den Alpen.

Wenn sie ein Motorengeräusch hört, geht sie in Deckung. *Der Feind ist überall.*

Hunger. Sie kann sich nicht an ihr letztes gutes Essen erinnern. In der Schule Tag für Tag Kohl und Kartoffeln. Die zarten ersten Frühlingssprossen beginnen, saftigen Happen zu ähneln. In der Abenddämmerung klopft sie an die Tür eines Bauernhofs und bekommt Bratkartoffeln mit Ei und einen Platz zum Schlafen im Stall. Die dampfenden Flanken der Kühe. Unendlicher Frieden in diesem penetranten Gestank, in dem Stoßen eines Hufs gegen ein Brett. Morgen. Regen. »Lieber Gott, lass mich noch ein bisschen länger hier liegen.«

Manchmal singt sie laut, wie es die Menschen aus Einsamkeit tun, und um sich Mut zu machen. »Frag mich nicht nach dem Mann, den ich heiraten werde, denn ich werd's niemals sagen.«

Was ihr durch den Kopf geht, kann man nicht eigentlich Gedanken nennen, obwohl ihr Kopf ständig aktiv ist und sie stundenlang in sich versinkt. Tagträume sind amüsant und tröstlich. Ihre Sinne sind eingelullt, und sie ist unbeschwert. Hin und wieder kommt sie auf komische Gedanken, und dann lacht sie laut auf. Manchmal schaut sie auf ihre Füße und die Tatsache, dass sie sich einfach so bewegen, rechts, links, rechts, auf dem Boden aufsetzen und sie tragen, erscheint ihr nicht weniger als ein Wunder.

Oft ist sie benommen. Sie stellt sich vor, dass ihr Kopf wie ein Luftballon über ihr schwebt, über eine Schnur mit ihrem Finger verbunden. Wenn sie an der Schnur zieht, neigt sich ihr Kopf hierhin und dorthin, wie der Kopf einer indischen Tänzerin.

Menschen, denen sie unterwegs begegnet, bewegen sich unauffällig, alle haben es eilig. »Niemand hat dir in die Augen geschaut.«

Stroh im Haar, zwischen Kragen und Hals juckt es. Nähte lösen sich vom vielen Tragen auf. Der Geruch der Kühe vermischt mit ihrem eigenen. Ein brennendes Gefühl in den Hautfalten. Wird sie je wieder die Unterwäsche wechseln können?

Sie biegt falsch ab, geht viele Kilometer die falsche Straße entlang, bevor sie umkehrt. Auf den Wiesen die ersten wilden Blumen. Ein Aufruhr an Spatzen. Sie wird von einem unerträglich schmerzhaften Gefühl des Déjà-vu überwältigt.

Ein Flugzeug. Kein Ort zum Verstecken. Sie geht in die Hocke, hält die Arme über den Kopf. Das Flugzeug stößt herab, tief, so tief, dass sie das grinsende Gesicht des (britischen) Piloten erkennen kann, der salutiert, bevor er wieder aufsteigt. Lachend umfasst sie ihre Knie und bricht in Tränen aus. In diesem Augenblick der Todesangst war ihr Herz geradewegs ihrer Mutter zugeflogen.

Von jetzt an wird sie immer wieder Angst haben, sie sieht ihr Haus als Ruine vor sich und ihre Mutter tot.

(Eine junge Frau, die darauf fixiert ist, nach Hause und zu ihrer Mutter zu kommen, die durch ein erobertes Land geht, in dem es vor feindlichen Soldaten nur so wimmelt: Ich las diesen Teil von *Vom Winde verweht* mit einem Aufwallen des Wiedererkennens.)

Endlich: Der Kirchturm, die Holzbrücke. Eine Frau auf dem Marktplatz, die weinte und weinte.

Meine Mutter kam den Amerikanern einen Tag zuvor.

*

Die Besatzung. Eine Zeit, dankbar zu sein für das, was man hatte – »zumindest für uns war es wirklich vorbei« –, als die Flüchtlinge aus Ostpreußen ins Land strömten. Die Amerikaner: »Du weißt schon, typisch amerikanische Jungs – laut, freundlich, vulgär. Jedes zweite Wort war f-u-c-k.«

Eines Tages stand ein amerikanischer Leutnant vor der Tür. »Ein jüdischer Junge, der übers ganze Gesicht grinste. ›Ihr erinnert euch nicht an mich? Ich bin gekommen, um die Koffer meiner Großmutter zu holen.‹ Wir konnten es nicht glauben. Walter Mendel, erwachsen. Er hat uns die ersten Hershey-Riegel gebracht.«

Ungläubigkeit, das Gefühl, dass alles nicht wirklich passierte, dauerte an. Eine auf den Kopf gestellte Zeit. Ausgehen mit dem Feind. Fräulein in den Armen amerikanischer Soldaten. Sie schlugen sich den Bauch in den Kantinen voll, in denen Plakate vor Geschlechtskrankheiten warnten: Don't Take a Chance, Keep It In Your Pants.

Für meine Mutter der Beginn eines neuen Lebens.

(Und hier fange ich an, sie wieder zu verlieren; ich meine damit, dass ich sie nicht mehr deutlich vor mir sehe. Über diese Zeit – die mir so wichtig ist, weil sie direkt mit meiner Zeugung zusammenhängt –, über diese Zeit hat sie kaum gesprochen.)

Sie hat eine Stelle im Kindergarten, die ihr nicht gefällt. Sie mag Kinder nicht besonders, und da es Kinder von Bauern sind, muss sie sich an ihren Zeitplan halten, sie geht im Dunkeln zur Arbeit und kommt im Dunkeln zurück.

Was an Energie übrig ist, wird in Verabredungen gesteckt. Zuerst gehörte ihr Herz Rudolf. Er war so alt wie sie, ein Junge aus der Nachbarschaft, der während der Jahre, die sie fort war, zu einem hübschen Jungen herangewachsen war. Wäre ihr Leben glücklich verlaufen, hätte sie sich wahrscheinlich an die Erfahrung mit ihm als Jux erinnert; stattdessen wurde er zur Liebe ihres Lebens, zu ihrem Ein und Alles.

Sie sagte oft: »Ich hätte ihn heiraten sollen.« Aber genauso oft sagte sie: »Ich hätte ihn nicht heiraten können, wir wären nicht miteinander ausgekommen, wir waren uns zu ähnlich.« Auch in anderer Hinsicht deutete sie intensive und dramatische Verwicklungen an. Aber ich glaube nicht wirklich, dass es so war. Ich glaube, sie hat sich selbst davon überzeugt, dass es so war, weil es ihr half. Es ist tröstlich, sich selbst als Opfer der Liebe zu sehen. (Idealerweise hätte Rudolf natürlich sterben sollen –

gefallen wie so viele andere deutsche Jungen in den letzten Kriegsmonaten.)

»Nach ihm war es mir eigentlich egal, was mit mir passierte.«

Rudolf. Ein kostbares Foto im Familienalbum. Locki-
ges Haar und eine geschürzte Oberlippe, wegen einer
Narbe, die ihm ein etwas grausames Aussehen verlieh;
und es war Grausamkeit, die ihm die Narbe einbrachte:
Er ärgerte einen Gockel, der ihm ins Gesicht flog. Er war
flatterhaft, er machte meine Mutter gern eifersüchtig.
Nun, beide verstanden sich auf dieses Spiel. Von den vielen GIs entschied sich meine Mutter für den unwahr-
scheinlichsten: halb chinesisch, halb spanisch und fast so
alt wie ihre Eltern.

Beide können dieses Spiel spielen, aber der Einsatz für
Frauen ist ein anderer als für Männer.

Meine Mutter wird schwanger.

Lacan sagt: Nur das Leben einer Frau kann tragisch
sein; Männer haben immer etwas Komisches.

Wochenschauen aus dieser Zeit zeigen, dass der Versuch, Frauen, die sich mit Nazis eingelassen hatten, zum
Gespött zu machen, indem man ihnen den Kopf scherte,
fehlschlug.

Die größte Mühe habe ich, mir die nächste Phase ihres Lebens vorzustellen. Ich glaube, es war auch ihre schwerste.
»Ich dachte, ich wäre gestorben und in der Hölle gelan-
det.« Doch es war nur Brooklyn.

Die Sozialbausiedlung sah aus wie ein Gefängnis.
»Dein Vater hat etwas von einem Haus und einem klei-

nen Garten gesagt. Was für ein Dummkopf ich war.«
(Sie nannte sich oft einen Dummkopf. Noch etwas sagte
sie oft: »Du hast dein Bett gemacht, jetzt lieg auch darin.« Sie hatte wenig Mitgefühl mit Menschen, die ihr
Leben verpfuschten, und wahren Sündern verzieh sie
nie. Sie beschwerte sich häufig, dass Kriminelle in diesem Land ungeschoren davonkamen. Und sie war Reue
gegenüber argwöhnisch. Mit einem Geständnis oder
einer Entschuldigung konnte man einer Strafe nicht entgehen. Sie selbst entschuldigte sich nur selten. Ich bin
nicht sicher, in welchem Maß sie ihre strengen Regeln
auf sich selbst anwandte. Ich weiß nur, dass sie sehr gelitten hat.)

Sie war nicht die einzige deutsche Kriegsbraut in der
Siedlung. Hin und wieder fuhr eine Gruppe von ihnen
nach Manhattan in die 86. Straße, um in den deutschen
Geschäften einzukaufen. Wenn sie ein bisschen extra
Geld hatten, ein deutscher Film; Kaffee und Kuchen im
Café Wagner oder im Café Hindenburg, in dem angeb-
lich der New Yorker Ableger der Nazi-Partei seine Ver-
sammlungen abgehalten hatte.

Es deprimiert mich, wenn ich versuche, sie mir schwanger vorzustellen. Damals war sie eine schlanke Frau, nahezu zerbrechlich. Auf den Fotos ist ihr Mund dunkel,
die Mundwinkel nach oben gezogen, nicht zu einem
wirklichen Lächeln, sondern eher in einem Meine-Ge-
danken-sind-weit-weg-Ausdruck. Ich versuche, sie in
einem der demütigenden Schwangerschaftskleider der
Zeit vor mir zu sehen (»eine große Schleife am Halsaus-
schnitt oder ein Lätzchen mit Rüschen, das die Aufmerk-

samkeit vom Bauch ablenkt«). Sie trägt das lange Haar nach hinten gesteckt.

Wenn ich versuche, sie mir vorzustellen, erstarrt sie: eine Figur in einem Gemälde. Sie sitzt in einem Sessel, den sie zum Fenster gedreht hat. Aus diesem Winkel sieht man nicht, dass sie schwanger ist. Die Einjährige und die Dreijährige liegen im Zimmer nebenan; sie hat sie gerade ins Bett gebracht. Sie ist erschöpft, so schwer in ihrem Sessel, dass sie glaubt, nie wieder aufstehen zu können.

Ein bläulicher Schimmer wie ein Fingerabdruck unter beiden Augen. Wohin sieht sie? Durch das Fenster: der Wasserturm vor einem bleiernen Himmel. Woran denkt sie? An ihre Schulzeit. Vor einer Million Jahren! Trude, Edda, Johanna, Klara. Klara tot. Und die anderen? Bestimmt keine so unglücklich wie sie? Rudolf! Schließlich rührt sie sich: Mit einer wütenden Geste wischt sie sich eine Träne aus dem Auge.

Ich denke nicht gern an das, was sie mir erzählte, als ich zwanzig war: Mit mir schwanger zu werden, war der Tropfen, der das Fass zum Überlaufen brachte.

Sie sagte immer wieder: »Wenn wir Geld gehabt hätten, wäre alles anders gewesen.« Ich verstand nicht, warum wir nicht wie so viele unserer Nachbarn Hilfe beantragten. »Sozialhilfe! Bist du verrückt? Die Leute sollten sich schämen.« Doch sie schämte sich bereits. Ich sah es ihrem Gesicht an, wenn sie den Leuten sagen musste, dass ihr Mann Kellner war. Ich dachte, es wäre besser, Geld von der Regierung zu nehmen, statt sich ständig zu beklagen. »Willst du, dass wir sind wie die Feet?« (Die Familie nebenan hieß Foot.) »Zehn Kinder durchzubringen, und der Vater sitzt herum und trinkt.« Aber war Mr. Foot nicht besser dran als mein Vater, der sieben Tage die Woche arbeitete und nie Urlaub machte? Zählte Glück überhaupt nichts in unserem Haushalt?

Es gab Zeiten, als meine Mutter jeden Tag weinte. Wenn man sie fragte, warum sie weinte, sagte sie: »Ich möchte nach Hause.« Zu anderen Zeiten, wenn sie »die Nase voll« von uns hatte, wenn sie klargestellt hatte, dass wir mehr waren, als irgendeine Person ertragen konnte mit unserem Lärm, unserem Chaos und unserer Faulheit, drohte sie, uns zu verlassen und nach Hause zurückzukehren. (Ich glaube, ich spürte etwas in diesen Drohungen, nach Hause zurückzukehren, das tatsächlich da war: die Drohung, sich umzubringen.)

Über die Deutschen sagte Nietzsche: Sie sind von vorgestern und übermorgen; sie kennen kein Heute. Als Jugendliche hatte meine Mutter den Traum von einem grandiosen Schicksal geteilt. Jetzt wurde sie zu einem pochenden Nerv der Sehnsucht.

Wir glaubten ihr, wenn sie sagte, dass sie jede Nacht träumte, sie wäre wieder in Deutschland. Sie nahm uns das Versprechen ab, dass wir sie in Deutschland begraben würden, wenn sie starb. »In deutscher Erde«, sagte sie. Sie verstand die russischen Soldaten, die mit einem Beutel Erde um den Hals in den Krieg gezogen waren, damit ein bisschen Russland mit ihnen beerdigt wurde, sollten sie fallen. Ihr war die teutonische Obsession von Blut und Boden eigen. Sie nahm uns zudem das Versprechen ab, dass wir eine Transfusion verweigern würden, sollte sie jemals in einen Unfall verwickelt werden. Sie würde lieber sterben als fremdes Blut in sich haben.

Ich bin siebzehn, im ersten Jahr auf dem College, von einem meiner Professoren zum Abendessen eingeladen. Ich helfe seiner Frau mit dem Geschirr und summe dabei eine Melodie. Die Frau schaut mich streng an, sagt aber nichts. Ein bisschen später fragt mich der Professor, ob ich wüsste, was ich gesummt hatte. Ich erkläre ihm, was ich dachte, dass es war: ein altes deutsches Lied; meine Mutter summte es manchmal, wenn sie die Hausarbeit erledigte. Er entgegnet: »Es ist das Horst-Wessel-Lied.« Die Hymne der Nationalsozialisten.

Ein paar Jahre zuvor war ich mit meiner Mutter in einen Schallplattenladen in der 86. Straße gegangen, wo sie zu ihrer Überraschung ein Album mit deutschen Marschliedern fand. »Ich kann nicht glauben, dass sie so was hier verkaufen.« Als ich sie zu Hause dabei beobachtete, wie sie die Platte hörte, sah ich einen Ausdruck der Verwirrung und Zärtlichkeit auf ihrem Gesicht wie bei Leuten, die mit etwas konfrontiert werden, das sie an vergangene Zeiten erinnert. Den gleichen Ausdruck sah ich bei ihr, wenn wir Wochenschauen aus Kriegszeiten im Fernsehen schauten, und obwohl ich nicht dabei war, als sie ein Video von *Triumph des Willens* (sie hatte den Film öfter als einmal als Schülerin gesehen) sah, bin ich überzeugt, dass sie genauso gerührt war.

Sie spielte die Platte nie wieder. »Ich wollte sie nur dieses eine Mal hören.«

Hin und wieder kamen Pakete aus Deutschland, die oft Süßigkeiten enthielten. Einmal eine Schachtel mit kleinen flaschenförmigen Schokoladen, gefüllt mit Schnaps und in bunte Folie verpackt. Die Augen meiner Mutter leuchteten. »Die habe ich seit Jahren nicht mehr gegessen!« Bevor sie eine aß, zögerte sie. »Besser nicht, es wird mich nur an zu Hause erinnern.« Gut, dass sie uns warnte: So wie sie auf ihrem Stuhl zusammensackte, hätten wir meinen können, sie wäre vergiftet worden. Ich werde nie den Laut vergessen, den sie von sich gab. Um mir dafür zu danken, dass ich seine Pflanzen versorgt hatte, während er über Weihnachten in Dänemark war, brachte mir ein Nachbar viele Jahre später eine Schachtel mit den gleichen Schokoladen mit, und allein bei ihrem Anblick hatte ich das Gefühl, als wäre Gift in meine Blutbahn geraten.

Heimweh. »Noch so ein Wort, für das ihr kein englisches habt.« Homesickness? »Ja, aber mehr als das.« Nostalgie? »Stärker als das.«

Sie hatte eine schöne Stimme, meine Mutter. Sie sang die ganze Zeit – immer deutsche Lieder. Besonders mochte ich »Lili Marleen«. Oft sang sie nur die Melodie eines Lieds, ohne den Text. Ihre Version des Horst-Wessel-Lieds war molto adagio, mehr wie eine Liebeskummerschnulze als ein Ruf zu den Waffen. Ich hatte Mühe, die melancholische Melodie mit dem Text in Einklang zu bringen, als ich ihn schließlich in einem Buch fand.

»Deutschland über alles«: »Das ist ein richtiges Stück Musik, nicht wie euer unsingbares ›Star-Spangled-Banner‹.« Ich erinnere mich, etwas gehört zu haben, das Haydn über sein Kaiserquartett sagte, von dem die Musik für die deutsche Nationalhymne übernommen wurde: Er hörte es in Augenblicken größter Verzweiflung und war getröstet.

Jetzt will ich an die Worte von Virginia Woolf über den Ort der Kindheit erinnern: »Ein Blatt Minze be- schwört ihn herauf ... eine Tasse mit einem blauen Ring.« Nazi-Deutschland war das einzige Deutschland, das meine Mutter kannte. Sie hatte ihre ganze Jugend unter dem Hakenkreuz verbracht. Sie sagte es nie, aber es musste stimmen: Wenn sie das Hakenkreuz sah, dachte sie an zu Hause.

In der dritten Klasse hatte ich eine Freundin namens Hannah Segal. Auch ihre Mutter war aus Deutschland. Mrs. Segals Akzent war nur ein kleines bisschen anders als der meiner Mutter. »Will sie nicht zurück?« »O nein, sie würde nie zurückkehren, sie hasst Deutschland.« Selt- sam!

Als ich aufwuchs, waren die Deutschen, die man in Filmen oder im Fernsehen sah, fast immer Männer in Uniform. Sie sprachen mit hartem Akzent und hatten Narben auf den Wangen. Sie bewegten sich wie Tölpel. Sie patzten und kreischten. Sie hätten keinem Hund Angst einjagen können. Ich wusste es besser. Ich wusste, dass man Deutsche nicht ernst genug nehmen konnte. Ich wusste, dass Deutsche kommandieren konnten, so dass einem keine andere Möglichkeit blieb, als zu gehor- chen.

Ich war zehn, als Eichmann in Jerusalem der Prozess gemacht wurde. Ich sah die berühmten Fotos zum ers- ten Mal. »Sollte Eichmann für seine Verbrechen bestraft werden, und wenn ja, wie?« (Aufsatzthema.) Ich war zwölf, als ich das *Tagebuch der Anne Frank* las.

Eines Nachts träumte ich, dass ich Anne Frank in einem Wald nahe der Siedlung traf. Sie versteckte sich dort. Sie war aus Bergen-Belsen geflohen und hatte die ganzen Jahre überlebt (sie war allerdings noch ein junges Mädchen). Sie wollte nicht, dass irgendjemand davon erfuhr. Sie glaubte mir nicht, als ich ihr erzählte, dass der Krieg seit Jahren vorbei war und es die Nazis nicht mehr gab. Sie nahm mir das Versprechen ab, sie nicht zu verraten.

Es hieß, dass alle Deutschen mit Eichmann vor Gericht standen. Nachbarn, die von den Zeugenaussagen fasziniert waren, fragten meine Mutter nach Details aus dem Reich. Sie erwähnte nie ihren Vater. (»Es wäre, als würde ich mich herausreden.«)

»Ich bin immer noch stolz, Deutsche zu sein.« »Ich entschuldige mich nicht dafür, Deutsche zu sein.« Aber während dieser Zeit war sie deprimiert. Wir waren mittlerweile aus Brooklyn weg- und in eine andere Sozialbausiedlung gezogen, wo keine Deutschen lebten. Meine Mutter saß mit den anderen Frauen auf den Bänken, aber sie war nicht wirklich befreundet mit ihnen. Sie fühlte sich nie zu Hause unter Amerikanern. Wie viele Europäer verachtete sie die Amerikaner als »große Kinder«. Sie musste sich ständig auf die Zunge beißen, wenn sich eine der Frauen zum Beispiel über den Krieg beschwerte: »Ich weiß nicht, wie es für euch da drüben war, aber hier konnte man nicht einmal die eigene Zigarettenmarke bekommen.«

Ich glaube, es verging kein Tag, an dem sie sich nicht daran erinnerte, dass sie Deutsche war. Wenn sie die Olympischen Spiele verfolgte, fieberte sie mit den Deutschen mit und erklärte, dass die Deutschen besser abschnitten als die Amerikaner und die Russen, wenn man Ost- und Westdeutschland zusammenzählte.

Es bestand keine Hoffnung, dass irgendein Amerikaner – ganz zu schweigen von einem amerikanischen Kind – begreifen könnte, was diese einzigartige Qualität, deutsch zu sein, ausmachte. Ich weiß nicht mehr, wie alt ich war, aber irgendwann fragte ich mich: Wenn man ihr diese Qualität wegnahm, was würde an ihre Stelle treten? Was für eine Person wäre sie gewesen? Doch ihr Deutschsein und ihre Sehnsucht nach Deutschland – ihr *Heimweh* – waren so sehr Teil von ihr, dass man sie sich nicht ohne sie denken kann. Der Versuch, sich vorzustellen, dass anderes Blut in ihren Adern flösse, dass sie auf anderem Boden geboren wäre, bedeutet, sie komplett zu verlieren: Es gibt keine Christa mehr.

Sie sah sich selbst als jemanden, der im Leben betrogen worden war – aber worum betrogen genau? Nicht um eine berufliche Laufbahn. Sie vermisste es nie, einen Beruf zu haben. Sie gehörte nicht zu den Frauen, die sagen: Wenn ich keine Familie gehabt hätte, hätte ich Medizin studiert. (Damals sagten die Leute von gewissen Frauen: Sie hat nie geheiratet, der Beruf war ihr wichtiger.) Meine Mutter sah sich immer als Hausfrau. Während einer besonders harten Durststrecke, als es schien, sie müsste Geld verdienen, konnte sie sich keine andere Arbeit vorstellen, als zu putzen. Aber dass sie ihren Platz zu Hause hatte, bedeutete nicht, dass sie dort glücklich war. Der immerwährende Kampf gegen den verschmutzten Kragen und den verkratzten Boden stieß sie in wahre Verzweiflung. In diesem Kampf sind Kinder, wie jede Hausfrau weiß, die schlimmsten Feinde. Ihre großen Putztage sind für mich die dunkelsten Tage meiner Kindheit. Sie warf uns aus einem Zimmer nach dem anderen, ihre Laune wurde zunehmend schlechter. Wir duckten uns im Flur, horchten auf ihr Fluchen und das Knallen ihres Besens und warteten auf die unvermeidliche Drohung, nach Hause zurückzukehren. Es gab viele Gegenstände in der Wohnung, die wir nicht anfassen durften. Uns war es nur erlaubt, auf bestimmten Stühlen zu sitzen. Als wir eine neue Couch bekamen, nahm sie den Plastiküberzug nicht ab, in dem sie geliefert worden war, damit sie nicht verschlissen wurde. Darunter blieb sie so sauber, dass sie letztlich auch die Stühle in Plastik einpackte.

Wir boten an, ihr beim Putzen zu helfen, aber sie lehnte ab. »Ihr verteilt nur den Dreck.« Außerdem wollte sie nicht eine dieser Mütter sein, die ihre Kinder als Dienstboten benutzten. (Mrs. Foot zum Beispiel, die ihre sechsjährige Tochter staubsaugen ließ.)

Jeder hatte seine oder ihre angemessene Sphäre. »Ihr Kinder kümmert euch um eure Hausaufgaben.«

»Wenn wir Geld gehabt hätten, wäre alles anders gewesen.« In der Lottoreklame erzählen die Leute von ihren Träumen, die oft aus Reisen bestehen, vorzugsweise an exotische Orte. Aber die Welt zu sehen, war ebenso wenig ein Traum meiner Mutter, wie Ärztin zu werden. Was wollte sie? Ein großes Haus. Einen großen Garten. »Und einen hohen Zaun!« Nicht mehr über anderen Leuten leben!

Sie wohnte fast ihr gesamtes Leben als Erwachsene in dem einen oder anderen Sozialbau.

Sie spielte nie Lotto. Sie glaubte, dass der Zufall eine zu große Rolle im Leben der Leute spielte. Und daran, Glück zu haben, glaubte sie sowieso nicht.

Ich weiß nicht, ob ihr Leben anders gewesen wäre, hätte sie Geld gehabt. Später, als meine Schwester jemanden suchen wollte, der für meine Mutter putzte, lehnte sie ab: »Sie verteilen nur den Dreck.« (Dreck. Verunreinigung. Das Entsetzen, das sie ihr einjagten, reichte tief. Wenn sie von Schmutz erzählte, den sie irgendwo gesehen hatte – in einer anderen Wohnung zum Beispiel –, schüttelte sie sich wie ein nasser Hund. Wir durften keine öffentlichen Toiletten benutzen, und wohin immer wir mit ihr gingen, es wurde zu einer Tortur.)

Geld. Als sie mich in meiner ersten Wohnung besuchte, hörte sie zufällig, wie ich zu meinem Vermieter sagte, dass ich die Miete diesen Monat etwas später zahlen würde. Sie verstand nicht, warum ich mich dafür nicht schämte. Auch dass ich mich für ein College-Stipendium beworben hatte, beunruhigte sie; lieber hätte sie gezahlt. Sie würde nie verstehen, wie ich Darlehen und Geldgeschenke von anderen Leuten annehmen konnte. *Ich habe keinen Pfennig mehr*: Warum wurde ich nicht rot, wenn ich das sagte? »Ich weiß nicht, wie ich so eine Tochter großziehen konnte.«

Ein einfaches Leben. Aufstehen am Morgen, als Erste. Kaffee kochen, die anderen wecken, sie zur Tür hinausschaffen. Abwasch, Betten, Staub. Das jüngste Kind zum Mittagessen zu Hause. Abwasch, Wäsche. Manchmal eine Pause zwischen Mittagessen und der Rückkehr der Kinder nachmittags. Sich in einem Buch verlieren. Seite 50. Seite 100. Ein fahrender Herzog. Eine kleinliche Witwe. Ein gut aussehender und aufrichtiger Stiefbruder. Die Heldin in Schultertücher gehüllt gegen den Zug im Schloss. *Romantik*. Was für eine lächerliche Vorstellung mit ihrem Mann, in den sie nie verliebt gewesen war. Bestenfalls behandelte sie ihn wie eins ihrer Kinder. »Streif die Schuhe ab, bevor du reinkommst!«

Ihr früh gebrochenes Herz (Rudolf) hatte sie trotzig werden lassen. Sie schuldete niemandem etwas. Sie musste nicht nett sein. »Ich ertrage es nicht, mit dir im selben Raum zu sein!« Sie würde nicht die Heuchlerin spielen. »Ich wünschte, wir wären uns nie begegnet!«

Ein Rätsel: Wenn stimmte, was sie sagte, dass sie von ihrem Mann nichts erwartete, warum schwelte dann ständig Enttäuschung in ihr?

Die Drohung, sich von ihm scheiden zu lassen, wurde Teil ihrer Litanei von Drohungen. Aber sie interessierte sich nie für jemand anderen, nicht einmal nach seinem Tod, obwohl sie damals erst sechsundvierzig war. Ich glaube, der Gedanke, eine Affäre zu haben, war ihr peinlich. Und: »Ein Mann war genug!« Definitiv peinlich war ihr das Thema Sex. (Ich komme von einer Pyjamaparty nach Hause, belastet mit neuem Wissen, etwas, von dem ich mit ganzem Herzen glaube, dass es trotz seiner Absonderlichkeit stimmen muss; doch als ich sie frage, ob es die Leute wirklich *tun*, antwortet sie, ohne zu zögern, nein.)

Ehefrau und Mutter: So unzufrieden, wie die Rolle sie zurückließ, fällt es schwer, sie sich in einer anderen vorzustellen. Außerhalb des Hauses verlor sie die Orientierung. Etwas zu verhandeln, das über simple häusliche Erledigungen hinausging, verwirrte sie. Sie hasste es, auszugehen. Sie hasste es, mit Fremden Umgang haben zu müssen. Schlimmer noch: Leuten über den Weg zu laufen, die sie kannte. Aber sie war immer freundlich. Sie blieb stehen und unterhielt sich – oft lange –, legte eine Geselligkeit an den Tag, von der ich fürchtete, dass andere sie durchschauen würden, und vermutlich taten es manche.

Autorität schüchterte sie ein. Meine Entscheidung, im zweiten Jahr auf dem College mein Hauptfach zu wechseln, beunruhigte sie. »Bist du sicher, dass du deswegen keine Probleme kriegen wirst?« »Darf man hier wirklich parken?«, fragte sie und sah sich ängstlich um. Ein Teil von ihr blieb immer das Kind auf der Treppe, das die Verhaftung der Eltern mitansehen musste. Wenn das Telefon klingelte, blieb ihr manchmal das Herz stehen. Ein unerwartetes Klopfen an der Tür, und sie riss warnend die Augen weit auf, legte den Finger an die Lippen. Wir hielten alle den Atem an. Wenn die Person wieder gegangen war, spähte sie hinter der Jalousie hervor, wer es gewesen war. Wann immer sie irgendwo hinmusste, wo sie noch nie gewesen war, hatte sie schreckliche Angst, sich zu verlaufen. Die Angst war an ihren geröteten Wangen und dem wiederholten Schlucken erkennbar; ich klammerte mich an ihre eisige Hand. Oh, die Schwierigkeiten, in die man geraten konnte, wenn man in die Stadt ging! Viel besser zu Hause zu bleiben. Zu Hause war *sie* die Autorität, die Einzige, der erlaubt war, zu tun, was sie wollte, sie selbst zu sein.

Ich muss ein Teenager gewesen sein, als ich beschloss, dass meine Mutter vermutlich nur den richtigen Mann brauchte. In unserer Nachbarschaft gab es viele Beispiele für den rauen Typ: Männer mit kantigen Gesichtern und sehnigen Armen, die ihren Lebensunterhalt mit ihren Muskeln verdienten. Ich glaubte, meine Mutter wäre mit einem von ihnen besser dran. (Aber das war meine Phantasie; sie hat nie zum Ausdruck gebracht, dass sie sich zu solchen Männern hingezogen fühlte.) Ihre Erziehung hatte ein Paradox zur Folge: Obwohl sie vor Autorität Angst hatte, hieß sie sie gut, hätte sie gern mehr davon gesehen. (Das Problem mit den Amerikanern? Sie waren zu frei. Das Problem mit den meisten Kindern? Sie waren nicht diszipliniert genug.) Ihr idealer Mann wäre vielleicht Polizist gewesen. Jedenfalls brauchte sie jemanden, der stark war, die Sorte Mann, bei der sich eine Frau sicher fühlt, die sich über ihre Ängste lustig macht. Sie deutete an, dass ihr Vater so gewesen war, vor Dachau. Mein Vater – ungeschickt, furchtsam, selbst eingeschüchtert von Autorität – war nicht gut genug. Sie war es, die das Auto fahren musste, die die Fahrräder der Kinder die Treppen hinauf- und hinuntertrug. Sie hatte die Hosen an. Wie so vieles andere schärfte das ihre Verachtung. »Mein Herr und Meister – ha!« Kein Mitgefühl, wenn er eine Erkältung hatte – »Er niest zweimal, und es ist das Ende der Welt« – oder als er eine Zeit lang Albträume hatte und sie oft mit seinen Schreien weckte. Und sie erwartete kein Mitgefühl von ihm. Nur einmal habe ich gesehen, dass sie sich ihm zuwandte: Als ihr Vater starb.

Ausbrüche, ausgelöst von seiner Spielerei, seinem Englisch, seiner abergläubischen Weigerung, ein Testament aufzusetzen. Hatte sie einmal angefangen, konnte sie nicht mehr aufhören. Ihr Zorn wütete wie ein Zyklon in der Wohnung. Danach saßen wir alle in einer Art Benommenheit da, die sich sogar der Katze und der unbelebten Objekte zu bemächtigen schien.

Meine Mutter schluchzte. »Ich verlange doch nicht viel.« Doch das tat sie: Sie verlangte, dass er jemand anders wäre.

Schließlich war es genug, und er hielt sich aus allem raus, überließ ihr die Sorge um die Wohnung und die Kinder, ließ sie allein. Als er starb, ein großes Element der Erleichterung: Sie wurde nicht mehr täglich *erinnert*.

Manchmal schien es, als kannte sie nur ein Gefühl: Abscheu. Ich glaube, sie erlebte oft, was Rilke so beschreibt: »Die Existenz des Entsetzlichen in jedem Bestandteil der Luft.«

Sie liebte Tiere auf eine Weise, die sich unmissverständlich gegen Menschen richtete. »Je mehr ich von den Menschen sehe, umso lieber habe ich meinen Hund.« Diese Bemerkung von Friedrich dem Großen – zitiert von Hitler – bringt ein berühmtes deutsches Gefühl zum Ausdruck. Meine Mutter: »Ich fühle mich schlechter, wenn ich einen Hund leiden sehe als einen Menschen.« Ohne Bedauern, sogar mit einer Spur Stolz. Als wäre es besser, Hunde vorzuziehen. In einem der Häuser eines Zoos, den ich in Deutschland besuchte, kommt man zu einem Schild, auf dem das Tier im nächsten Käfig angekündigt wird: die grausamste Kreatur von allen, die einzige, die die eigene Art tötet, die aus Vergnügen tötet und so weiter. Ein Spiegel hinter Gitterstäben. Als ich dort war, hatte jemand in Englisch an die Wand unter dem Schild geschrieben: »Ihr Krauts müsst es ja wissen!« Und darunter stand in Französisch: »Von all unseren Übeln ist das bösartigste die Geringschätzung unseres eigenen Wesens – Montaigne.«

Aber sie war nicht ohne Mitgefühl mit Menschen. Einmal fuhr sie in die Stadt, um für das neue Schuljahr einzukaufen, und schenkte ihr ganzes Geld einer alten Frau, die vor dem berühmten Kaufhaus A & S bettelte.

Sie vergaß nie den Hunger der Kriegsjahre. »Willst du dein Eis nicht aufessen? Es wird dir leidtun. Wenn der Krieg kommt, wird es kein Eis mehr geben.« (Ich machte mir oft Sorgen wegen des kommenden Krieges und bezweifelte, ob es mich retten würde, wenn ich den Kopf mit den Armen schützte, wie wir es in der Schule übten. Wenn die Bomben fielen, wollte ich zu Hause sein. Ich wusste, dass wir im Fall eines Angriffs in den Keller gehen sollten, aber meine Mutter sagte, dass sie das niemals tun würde. Sie erinnerte sich an Angriffe, bei denen

Menschen im Keller ertranken, wo die Wasserleitungen geborsten waren. »Ich sterbe lieber auf jede andere Art als so – mit den Ratten ertrinken!« Ich war ihrer Meinung, und eine Zeit lang setzten sich meine schlimmen Träume aus diesen Elementen zusammen: Sirenen, Ratten und das Wasser bis zu meiner Brust, bis zu meinem Kinn ...)

Während der Kuba-Krise ging sie immer wieder zum Supermarkt, bis die Küchenschränke vollgestopft waren. An Ostern fand in der Schule ein Wettbewerb statt, bei dem Kinder Fangen mit rohen Eiern spielten. (»Nur in diesem Land bringen sie den Kindern bei, mit Essen um sich zu werfen.«) Es heißt, eine europäische Hausfrau kann ihre Familie mit dem ernähren, was eine amerikanische Hausfrau wegwirft. Abendessen meiner Kindheit: gekochte Eier und Spinat, Knackwurst, Schmarrn mit Apfelmus. Die Vorliebe meiner Mutter für Süßes kostete sie schließlich alle Zähne. Manchmal bestand eine ganze Mahlzeit aus einer Torte oder einem Kuchen. Wir aßen Hershey-Riegel zwischen Weißbrotscheiben zum Mittagessen. In unserem Haushalt stand man nicht vom Tisch auf, bis man aufgegessen hatte. Eine gängige Strafe: ohne Abendessen ins Bett geschickt zu werden.

Ich glaube nicht, dass ich sie jemals wirklich entspannt gesehen habe. Ein Teil von ihr war immer in Bewegung – Kopf, Hand, Fuß. Sogar wenn sie saß, ging ihr Atem etwas schneller. Ich vermutete, dass ihr Blutdruck hoch war. Unmöglich, es mit Sicherheit zu wissen, denn sie ließ ihn nie kontrollieren. Mit Ärzten wollte sie nichts zu tun haben. Obwohl sie unter Kopfschmerzen litt, denen As-

pirin nichts anhaben konnte, holte sie sich kein Rezept
für stärkere Tabletten. Als kleine Blasen auf dem Weiß
in ihren Augen auftauchten, entfernte sie sie selbst mit
einer Nähnadel. »Aber du wirst dir eine Infektion holen!«
»Ach, sei nicht albern. Ich habe die Nadel sterilisiert.«
Wer braucht Ärzte?

Sie hatte gute Hände und wollte sie immer benutzen. An
Weihnachten backte und dekorierte sie Dutzende von
Plätzchen, bewahrte sie mit Apfelscheiben in Dosen auf,
damit sie frisch blieben. Sie zeichnete Szenen aus Kinder-
büchern mit einem Magic Marker auf unsere T-Shirts
und bedeckte die Wände ihres Schlafzimmers mit einem
Muster aus abstrakten Blüten mit in Farbe getauchtem,
zerknülltem Papier. Sie lernte nähen, anfänglich aus Spar-
samkeit, aber dann wurde es zu einer Obsession. Tag für
Tag kamen wir von der Schule nach Hause und fanden
die Betten ungemacht, das Geschirr in der Spüle und
meine Mutter an ihrer Singer vor. Nach einem langen
mit Nähen verbrachten Tag strickte sie am Abend. Sie
nähte alles von Badeanzügen bis zu Wintermänteln. Sie
war wie eine Jungfer aus einem Märchen, die spann und
spann. Bald quollen die Schränke über. All diese Arbeit
ruinierte ihre schönen Hände. Die Schere verursachte
eine große Beule auf dem Knöchel des Mittelfingers ihrer
rechten Hand und quetschte ihren Daumennagel. Statt
auf ihre Arbeit stolz zu sein, war es ihr lieber, dass die
Leute glaubten, die Kleider wären in einem Laden gekauft. *Ich* war stolz und gab vor meinen Freundinnen
damit an, dass sie meinen neuen roten Cordsamtmantel

genäht hatte. Lügnerin, spotteten sie, als sie das Etikett sahen, das sie ins Futter genäht hatte.

Sie hatte einen grünen Daumen. Nachbarn brachten ihr Pflanzen, die abzusterben drohten. Und sie rettete auch viele kranke und verletzte Tiere vor dem Tod – Eichhörnchen, Vögel, eine Katze, die in einem brennenden Haus in der Falle saß. Ich erinnere mich an die Zeiten, in denen sie ein Geschöpf gesund pflegte, als Segen. Es tat gut, ihre zärtliche Seite zu sehen. Denn diese Hände, die Pflanzen zum Blühen bringen und einen gebrochenen Flügel heilen konnten, konnten auch zerstören und Schmerzen zufügen. Sie zerrissen und zerschmetterten Dinge. Sie zwickten, schlugen und stießen.

Ich sitze auf dem Bett und schaue ihr zu, wie sie sich fertig macht, um auszugehen. Der Schminkprozess dauert lange und verläuft immer gleich, aber ich werde seiner nicht müde. Diese verlockenden kleinen Döschen und Tuben mit Namen wie Desserts: Geeister Mokka, Pflaumenpassion, Pfirsichcreme. Der magische Wimperntuschestab. Abrakadabra: blonde Wimpern sind schwarz. Sie sagt, dass es hilfreich ist, während des Schminkens der Augen den Mund offen zu lassen. Sie trägt Slip und Strümpfe, die Knöpfe der Strapse erheben sich auf ihren Oberschenkeln. Wenn sie die Beine kreuzt, zischt Nylon auf Nylon. Sie sagt, dass Europäerinnen besser darin sind, Kosmetik zu benutzen, als Amerikanerinnen. »Amerikanische Frauen schauen so billig aus.« Als Letztes trägt sie immer den Lippenstift auf, doch zuerst fährt sie sich leicht mit einer trockenen Zahnbürste über die

Lippen, um sie zu glätten. Ich nehme das Taschentuch, das sie benutzt hat, um überschüssigen Lippenstift zu entfernen, und drücke meine Lippen auf den Abdruck. Den nächsten Schritt ihrer Toilette mag ich nicht. Bevor sie ihr Kleid anzieht, bindet sie sich einen Schal über das Gesicht, um Flecken zu vermeiden. Wie sie dasteht in Strümpfen und Slip mit dem Schal vor dem Gesicht, ist sie ein beunruhigender Anblick.

Die Leute sagten: »Deine Mutter ist so hübsch.« Doch sie selbst sah sich nicht so. Ich hörte an der Weise, wie sie über andere Frauen sprach, dass sie sich nicht zu den Hübschen zählte. Sie war nicht kokett. Sie war nie auf strikt feminine Weise charmant. Mit weiblicher List konnte sie nichts anfangen, und sie hasste es, von Männern angegafft zu werden. Sie trug keine Kleider, die die Aufmerksamkeit auf ihre Figur lenkten. Ihre Töchter waren eine andere Geschichte: »Wenn man jung ist, kommt man mit allem davon.« Nicht alle waren dieser Ansicht. Der Vertrauenslehrer der Jungen hielt mich in der Halle an. »Weiß deine Mutter, dass du so herumläufst?« »Sie hat es für mich genäht.« »Also, sag ihr, dass wir hier in einer Highschool sind und nicht auf einer Eislaufbahn.« Ich war besorgt, doch meine Mutter lachte. »Es ist sein eigenes schlechtes Gewissen, das ihn quält.«

Sie ging nicht gern zu Partys, auf denen sie zum Tanzen aufgefordert werden könnte. »Ich will nicht, dass ein fremder Mann die Arme um mich legt.«

Sie beklagte sich nie übers Älterwerden. Sie sah viel jünger aus, als sie war. Einmal, auf dem Weg zum Laden, überquerte sie vor einem Polizeiauto die Straße, und der Polizist rief durch sein Megaphon: »Junge Frau, solltest du nicht in der Schule sein?« »Ich habe ihn böse angeschaut und bin weitergegangen.« Ich kannte diesen Blick. Sie bedachte viele Männer damit. Mit der Zeit erschien mir ihre Kälte gegenüber Männern eine Fehleinschätzung: Hatte sie nie daran gedacht, dass eine Frau, wenn sie nett zu Männern war, Dinge bekommen konnte, die ihr ansonsten verwehrt blieben?

Sie färbte sich zwar immer die Haare, aber den Versuch, schlank zu bleiben, gab sie auf. Als sie Gewicht zulegte, wurde ihr schwungvoller Gang mehr zu einem Watscheln. Man wäre nicht mehr auf die Idee gekommen, dass sie einst gut im Turnen gewesen war. Doch sie konnte sich noch immer mit gestreckten Knien aus der Hüfte vorbeugen und die Handflächen auf den Boden legen.

Sie ging zwar nicht gern zu Partys, doch sie half mir begeistert, mich für eine Party vorzubereiten. Sie nähte mir ein Kleid. Sie frisierte mich. Sie dachte kompetitiv: »Du wirst die Hübscheste sein.« Als ich in die Highschool ging, war ihre Stimmung im Allgemeinen besser. Ich glaube, es hatte damit zu tun, dass ihre Kinder erwachsen wurden. Ich war die Einzige, die noch zu Hause wohnte. Jung genug, um noch unter ihrer Fuchtel zu stehen, aber alt genug, um keine Last mehr zu sein. Ich war gut in der Schule, sie war stolz auf mich. (Aber wenn jemand mir in meiner Anwesenheit Komplimente machte, schüttelte sie den Kopf. »Bitte. Sie hat sowieso schon eine hohe Meinung von sich.«) Sie interessierte sich für alle

Aspekte meines Lebens und freute sich über jeden meiner jugendlichen Triumphe: Cheerleader zu sein, zum Abschlussball gebeten zu werden. Die unbeschwerte vielversprechende Jugend, die sie nie hatte erleben dürfen.

(Als ich zwanzig war, verbrachte ich den Sommer in Kalifornien. Eines Tages nahmen meine Freunde und ich LSD und gingen an den Strand. Als wir bei Sonnenuntergang in unserem Jeep nach Hause fuhren, waren wir noch immer high. Auf LSD kann einem jeder flüchtige Gedanke wie eine Offenbarung erscheinen, und dieser schien meinen Kopf mit Licht zu erfüllen: So etwas hatte meine Mutter nie erlebt. Mit Freunden lachend in einem offenen Wagen zu fahren; zwanzig und glücklich und frei zu sein, Wind im Haar und das Leben vor sich – das alles hatte sie versäumt.)

Meine Freundinnen mochten sie. Sie war anders als andere Mütter; hübscher, lebhafter, lustiger. Sie liebte es, Leute zum Lachen zu bringen. Man hielt sich den Bauch vor Lachen, wenn sie den zahnlosen Rufus aus dem Eckladen und seine dusselige Frau nachmachte. Ihre Antipathie für Männer erstreckte sich nie auf die Freunde, die ihre Töchter nach Hause mitbrachten. Sie war oft am besten gelaunt, wenn einer von ihnen da war. Sie kochte etwas Besonderes zum Abendessen und strickte auch ihnen Pullover. Ich hatte Freunde, die sie noch Jahre, nachdem wir nicht mehr zusammen waren und ich weggezogen war, hin und wieder anriefen. Manchmal nahm sie es schwer, wenn ich erklärte, dass sie einen bestimmten

Jungen nicht wiedersehen würde. Vermutlich hatte auch sie sich einen Sohn gewünscht.

Sie war keine Liberale, aber etwas an den 60er Jahren sprach sie an. Die Mätzchen der Yippies, das Verbrennen von BHs, die Art, wie sich Hippies anzogen – all das gab ihr einen Kick. Hin und wieder gefiel ihr Unerschrockenheit. Man konnte sich vor ihr einen Joint anzünden. »Jetzt aber«, protestierte sie, doch sie spielte nur ihre Rolle. Meine Freunde hielten sie für cool. Sie freute sich und war aufgeregt, als ich nach Woodstock fuhr.

Ich fand sie überall in meiner Lektüre. Es heißt, dass Kinder Bilder der eigenen Mutter in den Stiefmüttern und Hexen der Märchen sehen, aber ich erkannte meine Mutter immer in dem unschuldigen blonden Mädchen, oft die Gefangene der Hexe, gezwungen, ständig zu fegen oder zu spinnen. Später identifizierte ich sie mit der Jungfrau in Nöten, mit romantischen Heldinnen wie Anna Karenina, Emma Bovary oder Scarlett O'Hara.

Ich stellte sie unter das Zeichen der Schönheit, des Leidens und des Verlusts.

Ich sitze auf ihrem Schoß, während sie in einer Zeitschrift blättert. Eine Reklame nach der anderen mit schönen Frauen in schönen Kleidern. »Das solltest du anziehen, Mommy.« »Darin würdest du hübsch aussehen.« Ihre Antwort ist schroff. »Und wo soll ich das tragen – in der Waschküche?«

Stunden um Stunden bestickte sie das Kleid mit Perlen, das ich zum Tanz im Country-Club trug.

Sie gewöhnte uns rasch bestimmte Vorstellungen ab, die wir in der Schule lernten. Zum Beispiel: Amerika ist das Land, in dem alle die gleichen Chancen haben. Alle Menschen sind Brüder. Die besten Dinge im Leben kosten nichts.

Zum Mittagessen zu Hause esse ich mein Sandwich, während sie am Küchentisch sitzt und die grünen Rabattmarken von S & H Green in ein Heftchen klebt.

Das Rattern ihrer Nähmaschine. Das merkwürdige mampfende Geräusch ihrer Zackenschere. »Bei der Laterne wollen wir stehen, wie einst ...«

Manchmal ertappte ich sie dabei, wie sie mich mit einem zärtlich betroffenen Ausdruck ansah. Mit trauriger Stimme sagte sie: »Du bist ein braves Kind, das bist du wirklich.«

Ihr Lieblingsdichter in Englisch war Tennyson.

Sie sagte: »Gebt Frauen Macht, und sie werden sich als schlimmer erweisen als Männer.« (Sie erwartete immer das Schlimmste von den Menschen. Sie hielt die Menschheit für unverbesserlich. Sie strafte mehr aus Zorn als aus Kummer.)

Sie hatte feste Meinungen zu allem. Meinungen sollten fest sein, sonst sind sie es nicht wert, sie zu haben. (Goethe)

Ihre Leute, die Schwaben: bekannt für ihre Unverblümtheit und ihre Ordnungsliebe.

Sie war anders. Sie gehörte nicht dazu.

»Wie in Gottes Namen bin ich nur hierhergekommen?«, fragte sie, den Kopf in die Hände gestützt, wirklich verwundert; als wäre sie wie eine Feder hierhergeweht worden.

Ich erinnere mich, dass sie Gedichte zu mythologischen Themen schrieb, als ich in der Grundschule war. Sie nähte die Kostüme für einige unserer Schulaufführungen. Immer ein Vorrat an rosa und blauer Wolle (in unserer Nachbarschaft kamen ständig Babys auf die Welt).
Niemand, den ich kannte, hatte so gewandte Hände.

War sie an einem Tiefpunkt, sagte sie: »Ich fühle mich wie ein Käfer, der von einem Schuh zertreten wird.«

Obwohl sie ständig gegen ihr Schicksal wetterte, glaube ich, dass sie nie wirklich etwas anderes erwartet hat.
Du hast dein Bett gemacht, jetzt lieg auch darin.
Ich glaube nicht, dass meine Mutter ihr Bett gemacht hat.

*

Wenn ich erzählte, dass meine Mutter Deutsche war, wollten die Leute oft wissen: »*Wie* deutsch?«

Ihr Akzent: beschrieben von einer meiner Freundinnen als »so deutsch, dass man eine Gänsehaut bekommt«. Der Akzent des wahnsinnigen Arztes. »Und now, zee injection.« Der Akzent des Mörders, des Folterers. »Vee haf vays of making you talk.«

Als ihre Mutter Anfang der siebziger Jahre starb, flog meine Mutter nach Deutschland und brachte einige Andenken mit zurück, darunter eine Schachtel mit Fotos. Die meisten Personen auf diesen Fotos kannte ich nicht. Ein pausbäckiger lächelnder Junge ungefähr zehn Jahre alt: Albrecht 1918. Ein Cousin der Mutter meiner Mutter. »Als Erwachsener sah er so gut aus, so etwas hast du noch nicht gesehen. Wie soll ich ihn beschreiben? Du weißt doch von Hitlers Herrenrasse? Also er entsprach dem Ideal: blond, blauäugig – und in seiner SS-Uniform war er ein Gott. Er ist sehr hoch aufgestiegen in der SS. Ach, schau mich nicht so an. Er war in der Waffen-SS, er hatte nichts mit den Lagern zu tun. Er war ein guter, anständiger Mensch. Was? Wer weiß? Nach dem Krieg haben wir nie wieder von ihm gehört. Nicht einmal seine Frau wusste, wohin er geflüchtet war. Südamerika wahrscheinlich.«

Als ich aufwuchs, sagte sie, wann immer ich einen Wutanfall hatte: »Was glaubst du, wer du bist, ein kleiner Hitler?«

Ich muss sieben oder acht gewesen sein, als Mr. Blum zum ersten Mal zu uns kam. Mr. Blum war aus Berlin. Er war in den dreißiger Jahren als Jugendlicher nach Amerika geflohen. Jetzt arbeitete er für das Sozialamt. Er und meine Mutter lernten sich eines Tages kennen, als sie hinunterging, um die Post zu holen. (»Er hat mich nur kurz angesehen und sofort auf Deutsch mit mir gesprochen.«) Danach kam er manchmal vorbei, wenn er der Arbeit wegen in der Siedlung war, allerdings vermute ich, dass die Besuche gegen die Vorschriften verstießen.

Er trug eine schwarze Klappe über einem Auge, wie Pate Drosselmeier. Er hatte einen großen Kopf und feucht wirkendes, welliges graues Haar und große Hände mit so langen, dünnen und blassen Fingern, dass ich an Kerzen denken musste. In meinen Augen sah er uralt aus (es lag mehr an der Augenklappe als an den grauen Haaren). Tatsächlich war er vielleicht zehn Jahre älter als meine Mutter.

Der Morgen, an dem sie sich kennenlernten, war ein Samstag, und ich war zu Hause. Meine Mutter blieb so lange weg, dass ich mir Sorgen machte und hinunterging, um sie zu suchen. Als er mich sah, wandte sich Mr. Blum meiner Mutter zu und sagte: »Sie haben einen Japaner geheiratet?«

Das nächste Mal sah ich ihn in unserem Wohnzimmer. »Was ist mit deinem Auge passiert?« »Die Katze hat es gefressen.« »Ich glaube dir nicht.« »Du hast recht, Liebes, ich habe gelogen. Ich sag dir, was wirklich passiert ist. Eines Tages, weißt du, wurde das Auge sehr müde. Ich habe es herausgenommen und schlafen gelegt. Ich habe es in meine Tasche gesteckt, damit es sicher ist, und als ich es wieder herausholen wollte, war es weg!«

Ich mochte Mr. Blum. Ich mochte seine seltsam fiedelnde Stimme. Seine Stimme war ein Schaukelpferd, das schaukelte und schaukelte. Meine Mutter tat so, als würde sie ihn nur erdulden – »Ich dachte, er würde überhaupt nicht mehr gehen!« –, aber so schien es nicht wirklich. Sie hatten so viel, worüber sie sprechen konnten. Manchmal redeten sie Stunden am Stück, halb in Englisch, halb in Deutsch, stärkten sich mit zwei Kannen Kaffee und Dutzenden Gebäckstücken. Sie sprachen über Leute in der Siedlung, darunter Mr. Blums Klienten, und wir Kinder wurden ermahnt, nicht zu erzählen, was wir gehört hatten. Selbst wenn sie in Englisch sprachen, war vieles für mich selbstverständlich kryptisch. (»Und dann stellt sich heraus, dass der Vater des Babys der Vater der Mutter ist.«) Manchmal unterhielten sie sich über den Krieg. (Mr. Blum hatte in Frankreich gekämpft.) Sie sprachen über die Zeit vor dem Krieg, und mir fiel auf, dass sie – normalerweise – nicht *Deutschland*, sondern *Europa* sagten. Zum Beispiel erwähnten sie viele Dinge, die man »in Europa« bekommen konnte und nicht hier: gutes Brot, gute Butter, eine anständige Ausbildung.

Ich wusste, dass Mr. Blum eine halbe Stunde Fahrt von uns entfernt lebte und dass er auch eine Familie hatte, darunter einen Sohn an der NYU – »der ist ein richtiger Beatnik«. Dass wir nie zu ihm eingeladen wurden und nie ein Familienmitglied kennenlernten, erschien mir nicht merkwürdig; Mr. Blum lernte meinen Vater auch nie kennen.

Ich kann mich jetzt nicht mehr erinnern, ob sie wirklich immer stritten oder erst im Lauf der Zeit; ich meine jedoch, mich zu erinnern, dass viele Besuche im Streit endeten. Mr. Blum war ein schrecklicher Scherzbold. Wenn sie die Tür öffnete, sagte er oft zu meiner Mutter: »Ich bin gekommen, um deine halb-arischen Kinder zu besuchen!« Er nannte sie nur selten Christa, sondern auf seine hänselnde Art häufig Greta, Gretel, Gretchen, Heidi, Ilse und so weiter. Das wunderte mich. »Warum sagst du Greta zu meiner Mutter?« »Wegen Greta Garbo natürlich. Denn Garbos Gesicht ist das Ideal, das das Gesicht deiner Mutter anstrebt.« Eines Tages brachte er mich zum Weinen, als er sagte: »Du bist nur ein kleines Affengesicht im Vergleich zu deiner Mutter.« Er sagte auch: »Deine Mutter ist meschugge.« Und einmal, als er über eine Wohnung sprach, in der er gewesen war, glaubte ich, ihn sagen zu hören: »Es geht nichts über Peinlichkeit.«

Ich weiß noch, dass die Augen meiner Mutter funkelten, als er sagte, dass in den Adern jedes Deutschen Gewalt fließt. Aber dann fügte er sofort hinzu: »Ich mache nur Spaß, Heidi. Du weißt doch, wie gern ich dich ärgere.« Aber manchmal war ihr Ärger selbst Stunden, nachdem er wieder gegangen war, noch nicht verflogen. »Warum kommt er überhaupt? Er will mich nur beleidigen. Das nächste Mal werfe ich ihn hinaus. Mistkerl. Ich weiß nicht, warum ich ihn überhaupt hereingelassen habe.«

Einmal ließ sie ihn nicht herein. Sie wusste, dass er in der Nachbarschaft war, weil sie sein Auto auf dem Grundstück hinter unserem Gebäude hatte stehen sehen. Sie saß auf der Couch mit hoch auf der Brust verschränkten Armen, als er kam. Mitanzusehen, wie ihre Miene immer zufriedener wurde, als er klopfte und klopfte, als wüsste er, dass wir da waren, löste so große Angst vor meiner Mutter in mir aus wie nie zuvor.

Und dann kam der große Streit, der damit endete, dass sie von ihm verlangte, zu gehen und nicht mehr wiederzukommen. Obwohl er in Deutsch geführt wurde, und obwohl ich in meinem Zimmer war und das meiste nicht hörte, wusste ich, worum es ging. Es hatte bestimmt mit einer von Mr. Blums Spitzen begonnen, die sie in ihrem *Deutschtum* verletzte. Zunächst hätte sie versucht, ihre Gefühle zu verbergen, damit er nicht merkte, wie sehr er sie getroffen hatte. Er hätte nachgestoßen auf der Suche nach dem Riss in ihrem Panzer. In die folgende Explosion wären vermutlich sämtliche Minderheiten und Hiroshima gezogen worden. Meine Mutter hätte jemandem – oder allen – vorgeworfen, scheinheilig und »holier than thoo« zu sein.

Als ich dazukam, hatte meine Mutter gerade etwas gesagt, worauf Mr. Blum einen Laut von sich gab, wie es Wasser macht, wenn es langsam abläuft, und mit seinem Finger auf seine Augenklappe deutete. Später ging mir durch den Kopf, dass er wahrscheinlich als Nächstes etwas wie »Ich habe es mit eigenen Augen gesehen« sagte. Doch in diesem Augenblick glaubte ich, dass er etwas anderes meinte.

Als er seinen Hut und seinen Mantel nahm, schlich ich mich aus der Wohnung und lief die Treppe hinunter, und dort unten fand er mich kurz darauf, neben den Briefkästen, wo wir uns kennengelernt hatten. Ich wollte mich von Mr. Blum verabschieden für den Fall, dass ich ihn wirklich nie wiedersehen würde. Aber als er dastand, die Hände in die Hüften gestemmt, den Kopf erwartungsvoll schief gelegt, fand ein dringenderes Bedürfnis meine Stimme. »Waren es die Nazis, die dein Auge ausgestochen haben?«

Mr. Blum machte ein leises schnaubendes Geräusch mit seinem Atem, gefolgt von einem Wort, das ich nicht verstand und das wahrscheinlich sowieso nicht Englisch war. Zu diesem Zeitpunkt hatte mich bereits das Entsetzen darüber, was ich getan hatte, erfasst, und ich wäre die Treppe wieder hinaufgerannt, hätte Mr. Blum nicht angefangen zu sprechen. »Wenn ich mich recht erinnere, als ich so alt war wie du, schien mir alles in der Welt dazu erschaffen, maximale Verwirrung in meinem Kopf zu verursachen. Was soll ich sagen? Es wird nicht immer so bleiben. Du wirst erwachsen werden und reisen, Leute kennenlernen, viele Dinge tun. Aufs College gehen sogar. Bücher lesen. Die Bibel und Shakespeare und vielleicht sogar ein bisschen Freud. Und die Welt wird völlig anders aussehen als alles, was du hier in der Siedlung kennst. Denn hier kriegst du kein klares Bild vom Leben, glaub mir. Wie auch immer, deine Mutter sagt, dass sie mich nicht mehr sehen will, also –« (Warum taten immer alle, was sie sagte?) Er hielt mir seine langen blassen Finger hin, und als ich sie berührte, war ich nicht überrascht, dass sie so glatt waren wie Wachs. Er nahm ein Taschentuch aus seiner Tasche. Zuvor hatte ich gesehen, wie er sich kräftig die Nase mit diesem Taschentuch geputzt hatte, aber es machte mir nichts aus, dass er mir jetzt damit das Gesicht abtupfte.

Es war nicht das letzte Mal, dass ich ihn sah. Er und meine Mutter versöhnten sich. Er setzte seine Besuche fort, und auch die Streitigkeiten gingen weiter. Und dann hatte er eine andere Arbeit oder zog um und kam nicht mehr zu uns. Ich erinnere mich an keinen letzten großen Streit. Ich erinnere mich nicht, dass jemand ihn vermisste. Hin und wieder fiel sein Name, und meine Mutter schüttelte den Kopf und zog die Brauen in die Höhe, als wollte sie sagen: Was für ein Typ! Und bald vergaßen wir ihn. Ich wuchs heran. Ging aufs College. Las Bücher. Shakespeare und die Bibel und ein bisschen Freud. Warum kam er zu uns? Warum ließ sie ihn ein? Was war mit seinem Auge passiert?

Eine andere Erinnerung, ein paar Jahre später.

Es war der Winter der Mohairpullover. Meine Mutter hatte mir bereits mehrere in unterschiedlichen Farben gestrickt. Ich trug sie in der Schule zum Neid meiner Freundinnen. »Deine Mutter ist nicht von dieser Welt.« (Aber eine Lehrerin hielt nichts davon. »Was glaubst du, dass passieren wird, wenn du zweimal denselben trägst?«) Der Pullover, den meine Mutter gerade in Arbeit hatte, war von einem zarten Blau. Wir schauten einen Film im Fernsehen: *Ein Platz an der Sonne*. Meine Mutter sagte, dass das Buch, auf dem der Film basierte, *Eine amerikanische Tragödie* hieß.

Es war zu einer Zeit in meinem Leben, als ich gerade angefangen hatte, Elizabeth Taylor zu verehren. Ich dachte, dass sie und Marilyn Monroe die Welt zwischen sich aufteilten, eine Dritte gab es nicht. Ich empfand wenig Sympathie für den Schwächling, den Montgomery Clift spielte. Ich fand ihn noch nicht einmal sonderlich attraktiv. Obwohl sein Leben auf dem Spiel stand, machte ich mir Sorgen um die Taylor-Studentin. Die Geschichte nährte bestimmte Vorstellungen, die mich in letzter Zeit beschäftigt hatten. Mir schien, dass in den meisten Fällen (wie in *Ein Platz an der Sonne*) ein Mann ein tragisches Schicksal erlitt, das er zumindest teilweise selbst heraufbeschworen hatte, in manchen Fällen sogar vorsätzlich gesucht hatte. Wohingegen Frauen – insbesondere schöne Frauen – damit rechnen mussten, dass ihnen Tragisches widerfuhr. Damals schaffte es Elizabeth Taylor mindestens einmal in der Woche in die Zeitungen. Wie ein typisches Opfer von Vernarrtheit glaubte ich, sie auf besondere Weise zu verstehen. Gleichgültig, was für eine Rekordsumme sie für *Cleopatra* bekam, ich wusste, dass sie nicht glücklich war. Es war allgemein bekannt, dass sie zu Atembeschwerden neigte, dass sie sich nicht überarbeiten sollte. Einmal wäre sie beinahe an einer Lungenentzündung gestorben. Die Scheidungen, die Gerüchte über Tabletten und Alkohol. Man musste sich Sorgen machen. Man schaue nur, was mit Marilyn Monroe passiert war.

Ich liebte romantische Filme vor allem wegen der Frauen, die ich mit meiner Mutter unter das Zeichen von Schönheit, Leiden und Verlust stellte. Ich wollte, dass meine Mutter diese Filme sah, weil ich dachte, dass sie etwas daraus lernen könnte, so wie ich hoffte, etwas zu lernen, nämlich wie eine Frau sein sollte. Wie gesagt, ich hielt ihre Kälte Männern gegenüber für einen Fehler. Ich sah, wie Männer sie anschauten, und mein Herz begann zu pochen. Ich spreche nicht von den anzüglichen Blicken, von denen es viele gab. Ich spreche von einem Blick, der zärtlich und melancholisch und eindrücklich war und der mir half, zu verstehen, was er meinte, als ich Jahre später auf Valérys Worte stieß: Die Leidenschaft, die die Schönheit der Frauen in Männern erregt, kann nur von Gott befriedigt werden. Zu dieser Zeit in meinem Leben konnte ich mir kein zukünftiges Glück vorstellen, das nicht von einem Mann abhängig gewesen wäre, und ich lebte für den Augenblick dieser alles verändernden Umarmung, bei der jegliche Angst und Unsicherheit von mir abfallen würden. Besorgt betrachtete ich mich im Spiegel. Obwohl viele Leute sagten, meine Mutter und ich würden uns ähnlich sehen, sagten ebenso viele, dass so gut wie keine Ähnlichkeit vorhanden war. Und hatte meine Mutter nicht selbst gesagt, dass die Männer sie nicht zweimal anschauen würden, wäre sie brünett?

Am Ende von *Ein Platz an der Sonne*, nach dem letzten Besuch des Priesters, wird Montgomery Clift zur Hinrichtung weggeführt. Wir sehen, woran er denkt – das Bild, das er mit sich aus der Welt nehmen wird, füllt den Bildschirm: das Gesicht von Elizabeth Taylor.

Ich lehne mich auf meinem Stuhl zurück, durchdrungen von Traurigkeit und Schönheit. Doch als ich mich meiner Mutter zuwende, sehe ich, dass sie davon unbeeindruckt bleibt. Sie hält einen blauen Wollfaden ans

Licht und zuckt die Achseln. »Gott. Was ihr Amerikaner eine Tragödie nennt.«

Sie wurde alt, sie wurde Großmutter, aber sie sah nicht aus wie eine Großmutter und sie hatte nichts Großmütterliches. Ihre Laune war nach wie vor besser als zu der Zeit, als ich aufwuchs. Sie war nicht so oft deprimiert; sogar die Migräne ließ nach. Aber sie begann, andere Beschwerden zu haben. Schwindelanfälle, Kurzatmigkeit. Einmal fiel sie in Ohnmacht, als sie im Supermarkt in der Schlange stand, und ein zweites Mal zu Hause. Aber sie wollte nicht zum Arzt. Sie machte es sich zur Gewohnheit, zu sagen: »Ihr kriegt mich nicht in ein Krankenhaus« und »Ich möchte zu Hause sterben«.

Einmal kam sie ins Krankenhaus, vor langer Zeit, als ihr eine Zyste am Hals entfernt wurde. Es war eine schwere Zeit für uns Kinder, die nicht genau wussten, was los war, und die sie, weil wir noch keine zwölf waren, auf der Station nicht besuchen durften. Sie kam mit einem dicken, weißen, auf den Hals geklebten Verband nach Hause. Er machte mir große Sorgen, dieser Verband. Noch mehr Sorgen machte mir, als er ungefähr eine Woche später abgenommen wurde und ein unheimliches rotes Lächeln offenbarte. Die Vorstellung der Verletzlichkeit des Halses – das Bild eines Halses, der unter das Messer kam – prägte sich mir ein. (Elizabeth Taylors berühmter Luftröhrenschnitt trug wahrscheinlich dazu bei.) Ich sollte nie Choker oder Rollkragenpullover oder irgendetwas tragen können, das eng am Hals anlag.

Ich erlebte sie nie um Worte verlegen. Sie war immer in der Lage zu sagen, was sie sagen wollte. Sie wusste immer, wie sie ihre Gefühle ausdrücken konnte. Ihr Gedächtnis war hervorragend, ebenso ihre Beobachtungsgabe. Nichts entging ihr, man konnte sie nicht reinlegen. Ich glaube, sie hatte einen guten Verstand.

Aber ihre Instinkte als Mutter waren oft fehlgeleitet. Sie wusste, dass ich an meinem ersten Tag im Kindergarten Angst hatte und Ärger machen könnte. Sie führte mich in das Gebäude und zeigte mir die Tür, durch die ich gehen sollte. Ich schaute, wohin sie deutete, und als ich mich umdrehte, war sie verschwunden.

Sie glaubte so sehr an die Wirksamkeit körperlicher Strafe, dass sie ratlos war, als sie versagte. »Arme Mrs. Reece. Wie sehr sie ihren Sohn auch schlägt, er hört nicht auf zu stehlen.«

Auch wenn sie darauf bestand, dass man fraglos alle Regeln befolgte, reagierte sie voller Verachtung, wenn man darum bat, etwas tun zu dürfen, weil alle anderen es taten. »Was bist du, ein Schaf?«

Sie hatte keine beste Freundin, niemanden – abgesehen von ihren Töchtern, als wir älter wurden –, mit dem sie wirklich reden konnte, keine Vertraute. Sie war den Menschen gegenüber misstrauisch. Wenn jemand versuchte, sich ihr anzunähern, zog sie sich zurück. »Die Leute machen zu viel Ärger.«

Und doch vertrauten ihr die Leute. Sie schütteten ihr

das Herz aus, sogar Leute, die sie kaum kannte. Sie erzählten ihr Dinge, von denen sie behaupteten, sie noch nie jemandem erzählt zu haben. Sie war eine gute Zuhörerin. Während jemand anders ihr seine oder ihre Lebensgeschichte erzählte, unterbrach sie nicht und ließ ihre Aufmerksamkeit nicht abschweifen. Sie bewegte den Kopf verständnisvoll von einer Seite zur anderen oder auf und ab. Als Kind hörte ich diesen Gesprächen zu, nicht weniger aufmerksam. Doch im Lauf der Jahre verlor ich die Geduld. Ich stellte fest, dass die Lebensgeschichte von Leuten, die darauf bestehen, sie zu erzählen, für gewöhnlich eine traurige Geschichte ist. Ich hatte nicht die unerschöpfliche Kapazität meiner Mutter, solche Geschichten zu hören. Und meine Mutter vergaß nicht, was sie gehört hatte, wenn die Person nicht mehr da war. Die Geschichten ergriffen Besitz von ihr, und sie bestand ihrerseits darauf, sie weiterzuerzählen. Wenn ich sie in späteren Jahren besuchte, und sie anfing – vom Postboten zum Beispiel, dessen Sohn aus der Geldbörse seiner Mutter gestohlen hatte, während sie an Krebs starb –, winkte ich ab.

Mit den Tieren war es genauso. Wenn ich als Kind von der Schule nach Hause kam und sah, dass wir wieder einmal einem hilflosen Hund oder einer verletzten Katze Obdach boten, war ich entzückt. Doch im Lauf der Zeit begann ich, den unverwechselbaren Geruch zu fürchten, der einem ins Gesicht schlug, sobald man die Tür öffnete. Viele dieser Tiere waren in schlechter Verfassung. Viele waren misshandelt worden, in manchen Fällen von Leuten, die wir kannten. Meine Mutter glaubte auch nicht an Tierärzte. Sie verarztete sie selbst mithilfe eines Buches, das sie in einem Secondhandladen gefunden hatte. Nicht alle diese Tiere überlebten.

Als sie endlich aus der Sozialbausiedlung aus- und in ihr eigenes Haus einzog, fütterte sie auf der Terrasse Rudel streunender Tiere. Bei Kälte baute sie Unterschlupfe aus Plastik und Pappe im Garten: ein Slum für Tiere. Sie fütterte auch die Vögel und Eichhörnchen.

Zwanzig Jahre vergingen zwischen ihrer ersten und zweiten Reise nach Deutschland. Nach der zweiten kehrte sie mehrmals zurück in ihre alte Heimat. Aber sie zog nie zurück. Nach all den Jahren der Sehnsucht – warum nicht? »Weil es nicht mehr mein Zuhause ist. Vergiss nicht: Das Deutschland, das ich gekannt habe, gibt es nicht mehr. Die Alliierten haben es zerbombt. Von der alten Welt existiert kaum noch etwas, alles ist neu. Und es ist jetzt genauso wie überall sonst, Deutschland. Es verändert sich die ganze Zeit, wird mit jedem Tag mehr wie Amerika. Überall Touristen und Ausländer. Die Städte sind voll und laut und schmutzig. Der Rhein stirbt. Der Schwarzwald stirbt. Und die meisten Menschen, die ich gekannt habe, sind entweder weggegangen oder tot. Warum sollte ich jetzt zurückkehren?«

Ich will sie fragen, ob sie immer noch in Deutschland begraben werden möchte, aber ich halte mich zurück.

Als sie zum ersten Mal wieder in Deutschland war, stellte sie fest, dass sie ihr Deutsch vergaß. »Ich gehe in ein Geschäft, will nach etwas fragen, und einen Moment lang muss ich nach dem deutschen Wort suchen.« Mit den Jahren verlor sie ihr Deutsch mehr und mehr, und irgendwann – sie erinnert sich nicht mehr, wann – begann sie, in Englisch zu denken. Nachdem sie doppelt so lange in Amerika gelebt hat wie in Deutschland, ist Deutsch zu ihrer zweiten Sprache geworden. Sie hört auf, Bücher auf Deutsch zu lesen. Wenn sie in einem deutschen Restaurant isst, bestellt sie auf Englisch. Doch ihr Akzent bleibt so stark wie immer, und sie macht noch immer die gleichen Fehler. »She stood in a motel for a week.«

(Sie war nicht die Einzige in ihrer Familie, die Amerikanerin wurde. Bald nach ihrer Ankunft in Brooklyn kam ihr jüngster Bruder Karl, der noch keine zwanzig war, um zu bleiben. Er wurde in die Armee eingezogen, absolvierte einen Teil seiner Ausbildung in North Carolina und legte auch noch die letzte Spur seines deutschen Akzents ab; ein makelloser Südstaatenakzent ersetzte ihn. Unter der heißen Sonne schlug er einen ganz anderen Kurs ein als seine Schwester. Er betrachtete sich als Amerikaner durch und durch. Er blieb bei der Armee. Bei seinem zweiten Einsatz in Vietnam heiratete er das achtzehnjährige vietnamesische Mädchen, das bereits ihren zweiten gemeinsamen Sohn erwartete. Mein Onkel brachte sie und ihren ersten Sohn in die Vereinigten Staaten. Eines Abends schlug er vor, dass er und sie, meine Mutter und mein Vater gemeinsam ausgehen sollten. Es war das Jahr von *Bob & Carol & Ted & Alice*. Meine Mutter sagte: »Du weißt, was die Leute denken werden, oder?«)

Zwanzig Jahre vergingen zwischen meinem ersten und meinem zweiten Besuch in Deutschland. Die zweite Reise fand kurz nach meinem College-Abschluss statt. Zu dieser Zeit war es bereits Mode geworden: nach den eigenen Wurzeln suchen, das Land der Eltern bereisen, beschreiben, wie es sich anfühlt, zum ersten Mal den Fuß auf den Boden zu setzen, über den Generationen von Vorfahren gegangen waren. Das Prickeln des Bluts, das Gefühl, nach Hause zu kommen, und immer und vielleicht am wichtigsten der Stolz. Man stelle sich vor, so für Deutschland zu empfinden.

Ich lernte Deutsche kennen, junge Deutsche, die 1945 oder danach geboren waren, und alle waren sich einig: Es ist das Letzte. Das neue Deutschland: Es ist langweilig. Witze über unbußfertige alte Nazis im Aufenthaltsraum von Altersheimen, die immer wieder *Triumph des Willens* schauen. Alle diese jungen Leute sparten, um woanders hinzugehen. Paris, Rom, San Francisco, New York. Ich sah manche von ihnen wieder, als sie nach New York zogen.

Die Wörter, die in der Tourismuswerbung am meisten eingesetzt werden, um Besucher nach Deutschland zu locken, sind *romantisch* und *Märchen*.

Ich war in der Alten Pinakothek in München, als es mir in den Sinn kam: Deutschland war wie ein Alter Meister, der zu oft gesäubert worden war.

Aber was hatte das alles mit meiner Kindheit zu tun?

Leute, die sich erinnerten, sagten: »Als deine Mutter damals mit euch hierhergekommen ist, haben sich die Kinder auf der Straße zugerufen: ›Kommt und schaut

euch die Kinder aus China an!« Wir haben darüber gelacht.«

Aber wir sahen nicht besonders chinesisch aus.

»Na ja – verglichen mit ihnen.«

Als ich als Kind einmal auf dem Schulhof gehänselt
wurde, ging ich zur Lehrerin, die Pausenaufsicht hatte.
»Die Jungen da nennen mich Mischling.« Die Lehrerin
sagte: »Aber das bist du doch nicht, oder?« Ich dachte
nach, verunsichert. Unsicher schüttelte ich den Kopf.
»Na, dann sollte es dir auch nichts ausmachen.«

Das Letzte, was ich damals geglaubt hätte, war, dass
es eines Tages schick wäre, Chinesin zu sein, oder dass
ich nur ein paar Jahre warten musste, bis ich im Teen-
ageralter war, und die Leute sagten, dass sie mich um
meinen exotischen Hintergrund beneideten.

Mythen.

Von multiethnischer Herkunft zu sein, macht dich im-
mun gegen viele Krankheiten.

Frauen multiethnischer Herkunft sind ungewöhnlich
wollüstig.

Ein berühmter Dirigent, der einen halb schwarzen,
halb jüdischen Pianisten vorstellt, legt nahe, dass sein Talent eine Folge seiner multiethnischen Herkunft ist.

Auf dem College erhielt ich zu Beginn jedes Semesters eine
Einladung der Asian-American Student Society. Ein chinesisch-amerikanischer Mann, den ich Jahre später kennenlernte, sagte: »Die habe ich auch bekommen. Das kann

ich nicht ausstehen bei den Chinesen: Sie legen so verdammt viel Wert auf den Clan. Du kannst nicht du selbst sein, du musst einer von ihnen sein.« Er tadelt seinen Bruder, der zum Mittagessen in einem kurzärmeligen weißen Polyesterhemd und einer dunklen Polyesterhose erscheint: »Musst du dich so verdammt chinesisch anziehen?«

Auf einer Party fordert mich ein anderer chinesisch-amerikanischer Freund auf, mit ihm Tischtennis zu spielen. Ich habe noch nie gespielt und erkläre ihm, dass ich es nicht kann. Er sagt: »Sei nicht albern, natürlich kannst du es: Es steckt in den Genen.«

Gene. Blut. Boden. Warum schmerzt es mich mehr, wenn ich höre, dass der Schwarzwald stirbt, als wenn ich höre, dass die Wälder der Adirondacks sterben? Und was ist das für ein Gefühl, das ein Foto in einer Zeitschrift in mir hervorruft: eine Gruppe lächelnder asiatisch-amerikanischer Kinder: *Diese asiatischen Genies!* Stolz?

Eine Erinnerung an eine andere Lehrerin, die mich auf Knien umarmt und anfleht: »Versprich mir, dass du nie vergisst, dass du genauso gut bist wie jede andere kleine Amerikanerin.«

Wenn ich über meine Mutter und meinen Vater sprach, sagten die Leute oft Dinge wie: »Das gibt es nur in Amerika.« Sie nannten ihre Geschichte »eine wahrhaft amerikanische Geschichte«.

Die Wohnung in der Sozialbausiedlung hatte eine Küche, ein Wohnzimmer, ein Bad und drei Schlafzimmer.

Das Linoleum in der Küche warf Blasen hier, wellte sich dort. Die Fenster musste man aufkurbeln, und davor hingen senffarbene Jalousien, die die Verwaltung alle drei Jahre erneuern ließ, obwohl sie längst davor kaputt waren. Winter. Meine Mutter legt eine Hand auf den Heizkörper. »Eiskalt!« Sie zieht ihre marineblaue Strickjacke fester um sich. »Wenn ich hier nicht bald rauskomme, verliere ich den Verstand!«

Eine Zeit lang, als ich sehr jung war, wickelte ich mein Haar um die Finger meiner rechten Hand und zerrte daran. Ich tat es vor allem im Schlaf. Als sich auf meinem Hinterkopf eine kleine kahle Stelle bildete, ließ mich meine Mutter einen ihrer Nylonstrümpfe als Nachtmütze im Bett tragen.

In diesem jungen Alter träumte ich oft, dass ich zerquetscht würde von einem – Ding. Einem lebenden atmenden Ding, das meinen ganzen Körper bedeckte, sich auf mich drückte, mich zerquetschte, zermalmte. Ermordete.

Als ich älter war, träumte ich oft, ich würde – ausnahmslos vergeblich – versuchen, jemanden zu retten. Es konnte ein Kind in einem brennenden Haus sein oder jemand, der gleich von einem Dach stürzen oder von einem Auto überfahren würde. Diese Träume hielten bis ins Erwachsenenalter an. In einem fremden, vom Krieg gebeutelten Land – einem Dschungel oder Buschland – treffe ich auf eine Gruppe verhungernder Indigener. Ich bedeute ihnen, dass ich Essen holen würde und sie auf mich warten sollen. Ich gehe und kehre mit einem großen dampfenden Topf zurück. Doch in meiner Abwesenheit war der Feind gekommen und hatte sie alle abgeschlachtet.

Eines Morgens wurde eine alte Frau, die im obersten Stock des Gebäudes gegenüber unserem wohnte, tot auf dem Erdboden liegend gefunden. Weil sie einen Lappen in der Hand hielt, glaubten manche, dass sie hinuntergestürzt sein musste, als sie die Fenster putzte. Später berichtete ein Mann von der Hausverwaltung, dass sie, als sie die Wohnung der Frau ausräumen wollten, nichts außer einer Matratze auf dem Boden und einem Löffel gefunden hatten.

Was ist ein Zuhause? In den zehn Jahren, nachdem ich bei meinen Eltern ausgezogen war, wohnte ich an vierzehn verschiedenen Adressen. Dieses ständige Umziehen lehrte mich, nicht zu viele Besitztümer anzusammeln oder zu sehr an ihnen zu hängen. (Und doch bin ich jemand, der unfähig ist, mit wenig Gepäck zu reisen; ich will alles mitnehmen. Reisen verursacht mir generell große Angst.) Ich war nie sehr erfolgreich darin, ein wirklich häusliches Leben zu etablieren. (Hauswirtschaft: das einzige Schulfach, das ich wirklich hasste.) Jahrelang aß ich von Papptellern. Ich koche nicht. Ich kann nicht nähen. Wenn irgendwo etwas tropft, stelle ich einen Topf darunter und lasse ihn dort. (»Ich weiß nicht, wie ich so eine Tochter großziehen konnte.«)

Aber ich bin immer glücklich in einem hübschen Haus oder einer hübschen Wohnung. Ich empfinde Ehrfurcht vor Leuten, die wissen, wie man ein Zuhause gemütlich macht. Bequeme Sessel in einem sonnendurchfluteten Zimmer, Blumen in einer Vase, frische Bettwäsche, selbst gekochte Mahlzeiten – niemand weiß diese Behaglichkeit mehr zu schätzen als ich.

Die Probleme, die ich mit dem Reisen habe, gehen über die Scheu und Verletzlichkeit hinaus, die die meisten Menschen empfinden, wenn sie ihre vertraute Welt verlassen. Was ich fühle, kommt einem schmerzlichen Verlust nahe. Dieses Gefühl ist verbunden mit einer Erinnerung an zwei fiktionale Szenen, die mich seit meiner Kindheit verfolgen, eine aus einem Buch, die andere aus einem Film. Welches Buch, welcher Film, kann ich nicht mehr sagen, aber beide Szenen finden in Europa statt, in Bahnhöfen, während des Kriegs.

In der Szene aus dem Buch setzt ein Mann ein kleines Mädchen – seine Tochter – in einen Zug. Er schickt sie irgendwohin, wo sie sicher ist. Vater und Tochter winken einander zu, als der Zug aus dem Bahnhof fährt. Der Mann schaut dem Zug nach, bis er nicht mehr zu sehen ist. »Und zuinnerst wusste er, dass er sie nie wiedersehen würde.«

In dem Film, den ich im Fernsehen sah, verabschiedet sich ein Mann von einer Frau. Er trägt eine Soldatenuniform und geht auf Krücken – er hat nur ein Bein. Der Mann und die Frau winken sich zu, als der Zug aus dem Bahnhof fährt. Als der Zug beschleunigt, humpelt der

Mann den Bahnsteig entlang, schneller und schneller, bis er stolpert und stürzt.

Seit der Reise nach Deutschland war ich mehrmals in Europa, aber nicht mehr in Deutschland. Ich war nie in China.

Nicht jeder lebt, als hinge ein Schwert über seinem oder ihrem Kopf! Diese Entdeckung machte ich, als ich aufwuchs, als ich in die Welt hinausging und Menschen kennenlernte, denen nie etwas Schlimmes zugestoßen war und die zu meinem unendlichen Erstaunen lebten, als würde ihnen nie etwas Schlimmes zustoßen. Ich wusste nicht, was ich von ihnen halten sollte (ich denke dabei überwiegend an Leute, die ich auf dem College kennenlernte). Mir schien, ihnen würde etwas fehlen, das ich oft fälschlicherweise für Intelligenz hielt. Viele von ihnen kamen aus halbwegs glücklichen, wohlhabenden Familien und aus einer Art von geordneten Verhältnissen, die meine Mutter trotz all ihrer Leidenschaft für Ordnung nie herstellen konnte. Über meiner Kindheit hängt die Erinnerung ständiger Gewalt: Streit, Anfälle, Strafen. Drohungen und Flüche schallten durch diese Jahre. Es war unumgänglich, zu flüchten.

Einmal traf mich eine zuknallende Tür, und ich verlor kurz das Bewusstsein, und als ich wieder zu mir kam, sah ich etwas, das ich nie zuvor gesehen hatte, dessen war ich mir sicher: das Gesicht mütterlicher Besorgnis. Ich erinnere mich, in diesem Moment Überraschung und Freude über diesen unwiderlegbaren Beweis, dass sie mich liebte, empfunden zu haben.

Lange nach diesem ersten Tag im Kindergarten dachte ich noch darüber nach. Ich fand nie heraus, wie meine Mutter es schaffte, so schnell zu verschwinden, als ich den Kopf abwandte. Es war, als hätte sie sich in Luft aufgelöst.

Angst vor Verunreinigung, Liebe zum Gehorsam, Vorrang der Tiere vor den Menschen. Wie mein Vater schien auch meine Mutter manchmal geneigt, mit Stereotypen konform zu gehen. Sie legte sich einen Hund zu, einen Dobermann, und sie nannte ihn Woden.

Bei einem ihrer Besuche in Deutschland erfuhr sie, dass Rudolf, der in diesem Jahr sechzig geworden wäre, an einem Herzinfarkt gestorben war. Sie erwähnte es Monate später, nebenbei, mit einem schlichten Kopfschütteln. Es war keine große Sache für sie.

Wenn meine Mutter und mein Vater in der Öffentlichkeit gemeinsam auftraten, was selten der Fall war, gafften die Leute.

Keine Hochzeitsfotos in den Familienalben.

Aber das: In derselben Schachtel, in der das Bild des Cousins meiner Großmutter, Albrecht, war, befand sich ein Bild meiner Eltern, kurz bevor sie von Deutschland

nach Amerika gingen. Ein Schnappschuss, beide mit offenem Mund. Sie haben sich untergehakt und lehnen
sich aneinander, als wollten sie sich gegenseitig stützen –
so sehr müssen sie lachen. Arm in Arm, lachend. Nein,
so hätte ich mir meine Eltern nie vorgestellt. Aber noch
unglaublicher: Eine meiner Schwestern besteht darauf,
dass sie sich an eine Zeit erinnert, als sie sie dabei ertappte, wie sie sich immer wieder küssten. (Selbstverständlich sind die ganz frühen Erinnerungen nicht ver-
lässlich. Es ist möglich, dass ich mich an zahllose Dinge
falsch erinnere. Es ist nicht unmöglich, dass ich eines
Tages die Geschichte meiner Eltern werde neu schreiben
müssen.)

Diese Schwester würde später versuchen, meine Mutter
dazu zu überreden, sich scheiden zu lassen. Die Heirat
war ein Fehler gewesen – wer wollte es leugnen? Keiner
von beiden war glücklich – warum sie weiterführen?
Meine Schwester glaubte, dass meine Mutter sich eine
zweite Chance schuldete; es war noch nicht zu spät,
Glück mit jemand anderem zu finden. Meine Mutter
sagte, dass sie meinen Vater nicht verlassen könne, auch
wenn sie es wollte; sie sagte, wenn sie es täte, würde es
ihr Gewissen für alle Zeit belasten. Was einen anderen
Mann betraf, wieder: »Ein Mann war genug!«

Insgeheim stellte ich mir vor, dass sie Liebhaber hatte.

Sie konnte über sich lachen. Sie lachte oft über sich –
manchmal sogar, bis ihr die Tränen kamen. Sie wischte

sich das Gesicht mit dem Handrücken ab, weinte, nannte sich einen Dummkopf, lachte, machte Witze über ihre eigene Dummheit.

Man wünscht sich, ohne Zorn oder Bitterkeit oder Scham zurückblicken zu können.

Ähnlichkeiten zwischen ihrem Gesicht und meinem wurden im Lauf der Jahre offensichtlicher. Ich habe ihre Stimme und ihre Handschrift.

Manchmal, wenn ich zum Beispiel müde bin oder ärgerlich oder betrunken, beginne ich, mit einem leichten Akzent zu sprechen. In meinem ersten Jahr auf dem College fragte ein Professor: »Warum liest sich das, was Sie geschrieben haben, wie etwas, das aus einer europäischen Sprache übersetzt ist?«

Ich glaube nicht, dass viel Chang in mir steckt.

Nachdem sie verschwunden war, ging ich an jenem ersten Tag im Kindergarten nicht durch die Tür, auf die meine Mutter gedeutet hatte. Ich stand einfach nur im Korridor, atemlos, zitternd, starrte auf die Tür, bis sie schließlich geöffnet wurde und eine hübsche junge schwarze Frau herauskam, die für immer als Miss Lord einen Platz in meinem Herzen haben sollte. Lächelnd neigte sie sich aus der Hüfte vor und streckte mir beide Hände entgegen.

Jetzt erinnere ich mich, dass es in diesen Träumen immer eine Frau oder ein Kind war, die gerettet werden mussten, nie ein Mann.

Zu Zeiten erinnere ich mich an meine Mutter, als wäre sie eine Landschaft und nicht eine Person. Diese blauen Augen füllten den gesamten Himmel meiner Kindheit aus.

Ich glaube, ich weiß, was *Heimweh* bedeutet.

Es war Nietzsche, der meinte, wenn man keinen guten Vater gehabt habe, müsse man einen erschaffen. Aber natürlich dachte er nur an Männer.

Immer wieder stelle ich fest, dass ich die Vorstellung, von einem Mann errettet zu werden, nicht vollständig aufgegeben habe.

Als ich einmal mit meiner Mutter im Auto fuhr, kam ein anderer Wagen ins Schlingern, schoss auf uns zu und verfehlte uns nur um Haaresbreite. In diesem Moment, als es aussah, als würden wir sterben, sagte sie: »Mama.«

Was ist Liebe? Im Yoga gibt es eine Übung, bei der man die Augen schließt und sich ein helles weißes leuchtendes Licht vorstellt, dann denkt man an jemanden, schickt dieses Licht zu ihm oder ihr und stellt sich vor, wie es auf diese Person hinunterstrahlt, sie umgibt, sie beschützt.

Ich kann diese Übung nie machen, ohne dass sich meine Augen mit Tränen füllen.

Man wünscht sich, ohne Zorn oder Bitterkeit oder Scham zurückblicken zu können. Man wünscht sich, alles erzählen zu können, ohne Schuld zuzuweisen oder zu entschuldigen.

Nachricht auf meinem Anrufbeantworter: *Mom ist heute wieder in Ohnmacht gefallen. Ruf bitte an.*

Freud sagt, das wichtigste Ereignis im Leben eines Mannes ist der Tod des Vaters.

Oh, Mutter.

3. Teil

Eine Feder auf dem Atem Gottes

Der Traum, eine Ballerina zu sein, beginnt mit dem Traum, schön zu sein.

Es war nicht meine Mutter, die beschloss, dass ich Unterricht nehmen sollte. Ich traf die Entscheidung selbst, hingerissen nicht von einer Vorführung, sondern von einer Reihe Fotos in der Zeitschrift *Look*. Damals war ich fast zwölf. Später wurde viel Zeit darauf verschwendet, zu fragen, wie mein Leben verlaufen wäre, hätte ich die Fotos früher entdeckt.

Ich bin seit vielen Jahren nicht mehr in einem Ballettstudio gewesen. Bei meinem Rückblick lasse ich mich leiten von diesem mächtigsten Organ der Erinnerung, der Nase. Schweiß, Kolophonium und Jean Naté, das Eau de Cologne, das viele Tänzerinnen nach dem Unterricht benutzten. Die schweißgetränkten Holzböden hatten ihren eigenen durchdringenden Geruch. Der geliebte Gestank des Studios. Für mich ein heiliger Geruch, der Arbeit, Aufopferung und Leidenschaft bedeutete. (Ich war bei Aerobic-Kursen voll heftig schwitzender Leute, aber der Schweiß des Balletts muss ein anderer sein; es ist ganz und gar nicht der gleiche Geruch.) Im Studio war es, wo ich zum ersten Mal erlebte, dass manche Menschen aus Liebe arbeiteten. Zu jener Zeit bekamen Tänzer Pennys, doch nie beschwerte sich jemand; das Wort *Geld* wurde nie erwähnt.

Ich kannte niemanden, der oder die Ballettunterricht nahm, und wusste nicht, was mich erwartete. Aufgrund meines Alters wurde ich nicht einem Kurs mit absoluten Anfängerinnen zugeteilt, sondern mit Mädchen, die bereits ein Jahr übten. Ich wurde angewiesen, einem großen blonden Mädchen zuzusehen und zu folgen; wenn ich »clever« wäre, dürfte ich bleiben. Das Mädchen war ein Naturtalent und wurde später Primaballerina der Kompanie. Jahre, nachdem meine Füße damit aufgehört hatten, folgte ihr mein Herz immer noch.

Unsere Lehrerin war eine Furie aus Kirow. Ich kann sie jetzt noch hören. Diese Stimme: Hätte man sie in der Hand halten können, hätte man Glas damit schneiden können. Oh, und wie Madame schneiden konnte. Ich glaube nicht, dass sie mehr als fünfzig Wörter Englisch beherrschte, aber das reichte. Um etwas unmissverständlich klarzumachen, drehte sie die Füße einwärts, streckte den Hintern raus und ließ die Zunge aus dem Mund hängen. »So du siehst aus. Ja! Bist du. Hübsch, was?«

Der Akzent, das Schneidende, die Mimikry: An wen erinnerte sie mich? Doch sie war alt genug, meine Großmutter zu sein.

Am ersten Tag klammerte ich mich an der Stange fest, um nicht aus Angst ohnmächtig zu werden. Aber ich ging vom Unterricht nach Hause wie auf Wolken. Alles in der Welt des Balletts spricht das junge Mädchen an, das dem wirklichen Leben entkommen will. Tänzerinnen haben wie Nonnen etwas von Jenseitigkeit. Die sich vom Ballett angezogen fühlen, suchen nach Ordnung und Disziplin. Die sich quälende Ballerina glaubt an Perfektion. Und eine gute Tänzerin eine makellose Arabesque ausführen zu sehen, heißt, daran zu glauben, dass zumindest der Körper zur Perfektion fähig ist.

Balance, Symmetrie, Bewegung, Form – in einem Wort: Kunst –, es war alles da an diesem ersten Tag im Studio. Die klassischen Positionen des Balletts erschienen mir so schön wie alles in der Natur. Nicht, dass ich viel von der Natur gesehen hätte. Bis zu diesem Zeitpunkt hatte ich die Sozialbausiedlung kaum verlassen. Doch eins konnte ich mit Sicherheit über das Ballett sagen: Es befand sich am anderen Ende der Welt von der Sozialbausiedlung.

Schwarzes Trikot, rosa Strumpfhose, rosa Ballettschuhe – kein anderes Kleidungsstück war erlaubt. Um die Knöchel oder Taille getragene Bänder mussten ebenfalls rosa sein. Das Haar musste lang sein und während des Unterrichts hochgesteckt werden. Haarnadeln mussten halten. (Ein hübscher, aber nicht willkommener Anblick: das vom Kopf wegfliegende Haar einer wirbelnden Tänzerin.) Kein Zuspätkommen, keine Gespräche, kein Sitzen, kein Anlehnen, keine krumme Haltung, kein Kaugummikauen. Wenn die Füße schmerzten, wenn man erschöpft war, war es unklug, es zu zeigen. Ich liebte es – die Regeln, die Rituale, die Intoleranz gegenüber jeglicher Nachlässigkeit oder Schonung. Autoritarismus passte natürlich zu meiner Erziehung; aber jetzt dienten alle Regeln einem Zweck. Ballett bedeutete, endlich ernst genommen zu werden; bedeutete, sich selbst ernst nehmen zu dürfen. Es gab mir etwas von der Würde zurück, die meinem Gefühl nach überall sonst in meinem Leben ständig unterminiert wurde. Die harten öffentlichen Schulen, in die ich ging, waren berühmt für Probleme mit der Disziplin. Im Ballettunterricht war nie jemand ungehorsam oder respektlos. Am Ende jeder Stunde kam die Révérence: Jedes Mädchen machte einen Knicks vor der Lehrerin. Dieser Brauch erschien mir zuerst merkwürdig und sogar ein bisschen lächerlich, aber schließlich liebte ich ihn wie alles am Ballett.

Im Unterricht war alles unkompliziert. Wie gewöhnlich hatte meine Mutter recht. Es gab nur eine Weise, etwas zu tun, und die war nie einfach. Es gab Schritte; einem wurde gesagt, welche wie und wann auszuführen waren, und das tat man. Alles war so klar und hart wie Glas. Trotz der Schmerzen und des Überdrusses (»Wiederholung«, sagen die Russen, »ist die Mutter des Lernens«, und der Unterricht bedeutete, die gleichen Übungen so oft zu wiederholen, bis es wehtat) war ich nie gelangweilt. Ich mochte von mir selbst enttäuscht sein, von meinem Mangel an Talent oder Fortschritt, doch das Ballett selbst konnte nie enttäuschen.

Arbeite so hart, wie du kannst. Mach es schön. Was kann man gegen solche Regeln, so rein und schlicht, einwenden?

Ich habe einmal ein Interview mit einem Musiker gelesen, der sich als einen der glücklichsten Menschen der Welt bezeichnete. »Stellen Sie sich vor, es ist Ihr Job, Mozart zu spielen!« Ich habe nie eine Tänzerin kennengelernt, die das Tanzen nicht für eine Belohnung an sich hielt. Nichts anderes in meinem Leben kam jemals dem gleich.

Ich glaube nicht, dass es auch nur einen einzigen Tag gab, an dem ich mich nicht auf den Unterricht freute. Wenn ich mich in der engen, schäbigen Garderobe (es mag jetzt anders sein, aber damals konnte man diese hinreißendste aller Künste offenbar nur in zugigen alten Gebäuden erlernen, zwischen lecken Leitungen und abblätternder Wandfarbe) umzog, spürte ich Nadelstiche der Angst: Jede Unterrichtsstunde war eine kleine Aufführung. Aber einmal an der Stange, nach dem ersten Plié fand alles seinen Platz. Während der nächsten eineinhalb Stunden wusste ich, wer ich war und was ich tat und warum, ein Gefühl, das mir die meiste Zeit völlig fremd war. Ich war *vollständig anwesend*, was ich außerhalb des Unterrichts nur selten war. Es war ein neues und erhebendes Gefühl. An guten Tagen kam ich mir vor, als würde ich in einem Schaft aus Licht tanzen.

Aber vor allem bedeutete das Ballett Entkommen. Statt nach der Schule nach Hause zu gehen, ging ich zum Ballettunterricht. Wenn ich mich im Unterricht auf meine Tendus konzentrierte, vergaß ich meine hoffnungslosen Eltern. Und da war die Aufregung, in die Stadt zu fahren, die ich liebte, und ich versprach mir, dass sie eines Tages mein ständiges Zuhause würde (zumindest diesbezüglich sollte ich recht behalten). Jetzt weiß ich selbstverständlich genau, was mit mir passierte: Ich hatte die wunderbare Möglichkeit entdeckt, die uns die Kunst bietet: Teil der Welt zu sein und sich ihr gleichzeitig zu entziehen.

Allein in die Stadt zu fahren, gab mir das Gefühl, erwachsen und wichtig zu sein, und es war mir durchaus bewusst, dass meine Haltung, meine auswärts gedrehten Füße und mein hochgestecktes Haar Aufmerksamkeit erregten. »Bist du Tänzerin?«, fragten mich die Leute zu meiner Freude. Bei einer *Schwanensee*-Matinee bat mich einmal die Frau, die in der Reihe hinter mir saß, um ein Autogramm, »nur für den Fall, dass du es schaffst«. Ich hätte nie zugegeben, wie sehr mir das gefiel, denn wir Schülerinnen verachteten diese sabbernden Außenseiter, Ballettfanatiker, oder meinten, sie verachten zu sollen. Ich glaube, tatsächlich hatten wir Angst vor ihnen. Ballettfanatiker neigen dazu, kritisch zu sein, ihr Hass ist so stark wie ihre Liebe. Und in der Pause: Es ist ebenso wahrscheinlich, sie eine Tänzerin fertigmachen wie loben zu hören. (»O Gott, *Giselle* muss heute Abend ihre Periode haben.«) Es war hart, Leute, die nie getanzt hatten (und nie tanzen würden und nie tanzen könnten), den Auftritt einer Tänzerin kritisieren zu hören. Auch in anderer Hinsicht erschienen uns Ballettfanatiker pervers. Dieser unverwechselbare Hauch von Lust, den sie verströmten. Damals hätte ich nie zugegeben, dass Ballett auch einen erotischen Aspekt hatte, und ich war gekränkt, wann immer ich jemanden das Wort *sexy* benutzen hörte, um es zu beschreiben. (Auch heute noch zucke ich unwillkürlich zusammen, wenn ich *sexy* in einer Ballettkritik lese.) Ich wusste natürlich, dass es dort draußen eine Welt der Männer und Frauen gab, die Ballett anmachte. Aber in meinen Augen waren Ballerinen keusch; es war widerlich, ihnen hinterherzuhecheln.

Natürlich wurden die meisten Menschen, die ich damals kannte, von Ballett weder an- noch abgeturnt. Tanz war noch nicht populär, und obwohl jeder ein oder zwei kleine Mädchen kannte, die in die örtliche Tanzschule gingen, kam es nicht oft vor, dass ein Teenager Ballettunterricht nahm. Nur Tänzerinnen, Athleten und ein paar Exzentriker übten leidenschaftlich. Wenn man zu Capezio ging, sah man dort ausschließlich Tänzerinnen einkaufen. Normale Menschen konnten mit Trikots und Strumpfhosen nichts anfangen. Ich glaube, damals hätte keine Tänzerin, die sich für den Unterricht anzog, gedacht, dass ihre Stulpen eines Tages der letzte Schrei regulärer Straßenkleidung würden, getragen von Frauen jeder Größe und Figur.

Das war ein weiterer wichtiger Aspekt des Balletts: Es war eine Welt der Frauen. Eine Welt, in der Frauen nicht nur in der Mehrzahl, sondern auch besser als Männer waren. Es war nicht nur eine Frage weiblicher Anmut und Beweglichkeit. Frauen waren bessere Tänzer, Punkt. Und nicht nur beim Adagio. Frauen konnten auch kleine Bewegungen schneller und mit größerer Präzision ausführen als Männer. Das Einzige, was Männer besser als Frauen konnten, war ein bisschen höher springen. Es war also etwas Seltenes: ein Grund, dankbar zu sein, dass man als Frau geboren war. Mir schien, dass männliche Tänzer sich oft wünschen mussten, als Frau geboren worden zu sein, obwohl ich es keinen je sagen hörte. Aber wenn Ballett deine Leidenschaft war, wie konnte es da anders sein? Männer leiteten die Schule, Männer leiteten die Balletttruppe, Männer waren die Choreographen –

Männer hatten das Heft in der Hand, wie sie es immer tun. Aber was machte das schon? Männer tanzten nicht auf Zehenspitzen. Was ist Ballett ohne Spitzentanz?

Ich brauchte fast zwei Stunden, um vom Ballettunterricht nach Hause zu kommen. Meine Hausaufgaben konnte ich nur in der U-Bahn und im Bus machen. Nachdem ich morgens die Wohnung verlassen hatte, war ich unter der Woche normalerweise zwölf Stunden außer Haus. (Samstag war der beste Tag der Woche, weil ich zwei oder drei Stunden nehmen konnte. Sonntag – kein Unterricht – war eine Verschwendung; am Sonntag war ich immer niedergeschlagen.) Ich aß rasch und schweigend mit meinem Vater zu Abend, wusch eine meiner Strumpfhosen aus, von denen ich nur zwei hatte, und ging ins Bett. Während dieser Zeit empfand ich eine große Distanz zu meiner Familie, eine größere als später, als ich aufs College ging. Auch aus dem Schulleben zog ich mich zurück. Meine Noten wurden schlechter, doch das war mir gleichgültig. Ich wünschte, ich könnte auf die spezielle New Yorker College-Vorbereitungsschule für darstellende Künstler gehen wie manche Mädchen aus meinem Ballettunterricht.

»Wenn ich jedes Mal zehn Cent bekäme, wenn du dich auf die Waage stellst ...« (Meine Mutter.)

Wir verdanken die größten Ballette der Obsession eines Mannes mit Frauen. Für ihn war die Ballerina die Ultrafrau, das weibliche Ideal. Dass ihr Körper eine lange kurvenlose Linie, ohne Fleisch, nur Muskeln und Knochen – ein Körper, man muss es sagen, der mehr Junge

als Frau ist – sein sollte, ist eins der verrückten und verrückt machenden Paradoxa des Balletts.

»Du musst zu dem Punkt kommen, dass du allein
schon beim Gedanken an Essen ein bisschen würgen
musst.« Es ist der große blonde Star unserer Klasse, der
spricht. »Du kannst es dir antrainieren, du kannst es dir
einreden«, sagt sie und tätschelt die eingesunkene Stelle
unterhalb ihrer Rippen.

Rat von einer anderen Sylphe: »Wenn du etwas zu essen siehst und du in Versuchung gerätst, dann konzen-
trier dich darauf, wozu sich das Essen verwandeln wird,
sobald du es zu dir genommen hast. Denk wirklich drü-
ber nach. Das hilft, den Appetit zu zügeln.«

Seltsam, dass mir damals nichts davon seltsam vorkam.
Was hätte diesem strengen reinen Leben mehr entsprechen können als fasten? Und ich war auch schon keine
gute Esserin, bevor ich das Tanzen entdeckte. Ich hatte
keinen Sinn für den Genuss, den Essen bereiten kann,
bis ich in den Zwanzigern war. In unserem Haushalt
wurde Essen jenseits der Notwendigkeit nicht ermutigt.
Meine Mutter beschwerte sich immer, dass wir zu viel
aßen. Ich war überwältigt, wenn ich Freundinnen zu
Hause besuchte und sah, wie viel Essen stets verfügbar
war und wie selbstverständlich es für alle zu sein schien.
In unserem Haushalt durfte man sich nichts zu essen
nehmen, nicht einmal ein Glas Milch, ohne zuvor zu
fragen. Meine Mutter wusste von jedem Bissen, den ich
aß. In mir war also bereits ein gewisses Maß an Schuld-
gefühlen, was Essen betraf, angelegt. Jetzt hatte ich meinen eigenen Grund zu hungern, und ich war in jeder

Menge angenehmer Gesellschaft. »Amerikaner essen wie Schweine«, sagte meine Mutter. Ich nicht, ich nicht.

Man stelle eine Tänzerin zum Abendessen vor die Wahl zwischen einem kleinen Teller mit Hühnchen, Brokkoli und Reis oder einem großen Brownie, und sie wird sich wahrscheinlich für den Brownie entscheiden. Die meisten Tänzerinnen sind süchtig nach Süßigkeiten, und es gab Zeiten, als ich praktisch davon lebte. Zucker war großartig: Er konnte einem den nötigen Schwung geben, um es durch eine schwere Unterrichtsstunde zu schaffen, doch man musste vorsichtig sein. Von zu viel konnte einem schwindlig werden, und man beendete die Pirouetten auf dem Boden.

Es ist nur zu erwarten, dass die Ballerina, dieses weibliche Extrem, unter weiblichen Ängsten leidet, ins Extrem getrieben. Die Angst, nie dünn genug zu sein, nie schön genug, in einem gewissen Alter ausgesondert zu werden – und dieses Alter ist so jung! Man erlebte es die ganze Zeit: hart arbeitende Tänzerinnen, die gefeuert wurden, weil jemand – ein Mann – entschieden hatte, dass sie zu alt oder zu dick waren.

Und noch etwas erlebte man die ganze Zeit: ein begabtes Kind, das von der Pubertät hintergangen wurde. Wenn ein Mädchen ins Studio kommt, um vorzutanzen, wird es gewissenhaft überprüft. Ist ihr Rücken biegsam genug? Hat sie lange Beine? Einen langen Hals? Was sie wirklich überprüfen sollten, ist die Mutter, die sie zum Vortanzen gebracht hat. Ich erinnere mich an Pamela, eine sehr gute Tänzerin und meine Freundin, deren vernarrter Klops von Mutter sie immer zum Unterricht be-

gleitete. Jahre später, als ich das Ballett längst aufgegeben hatte, sah ich Pams Mutter mit einem Mann in
einem vollen Restaurant, das für seine Grillspezialitäten
bekannt war, zu Abend essen. Ich war versucht, zu ihr zu
gehen und sie zu fragen, ob Pamela noch tanzte. Aber natürlich war es Pamela selbst, die ich anschaute, und ich
musste nicht fragen.

Alle Beauty Magazines, die ich jetzt von der ersten bis
zur letzten Seite las, warnten mich, dass mein Essverhal-
ten mein Aussehen ruinieren würde. Aber ich hatte die
unzerstörbaren Zähne meines Vaters geerbt, und mit
meiner Haut und meinen Haaren war alles in Ordnung.
Das war natürlich die Jugend. Aber ich frage mich. Es
heißt, dass intensives Üben alle möglichen physischen
Misshandlungen kontern kann, und das mag der Grund
sein, warum so viele Tänzerinnen, die ich kannte, vor
Gesundheit nur so zu strotzen schienen, obwohl sie von
Zigaretten, schwarzem Kaffee und Diet Coke lebten.

An Tagen, an denen man es geschafft hatte, nichts als
einen Apfel und einen Schokoriegel zu essen, ging man
mit Übelkeit und rasenden Kopfschmerzen ins Bett, aber
auch mit einem Gefühl des Triumphs. (Beim Tanzen ist
Schmerz oft untrennbar mit erstrebenswerten Gefühlen
verbunden. Jahre, nachdem ich aufgehört hatte, erinnerte
ich mich an bestimmte Schmerzen – heiße, verkrampfte,
pochende Zehen zum Beispiel –, und ich vermisste sie.
Ich hätte auf viele Vergnügen verzichtet, um erneut den
Schmerz, eine Tänzerin zu sein, zu empfinden.)

Sogar jetzt noch, da ich fast vierzig Pfund mehr wiege
als mein junges Selbst, sehe ich mich nicht als dünn,

wenn ich Fotos aus jener Zeit betrachte. Ich war nie dünn. Nicht einmal mit neunzig Pfund. Zu schauen, wie lange ich ohne festes Essen auskam (bis zu fünf Tagen), war mein liebstes Spiel. Wie schön der eingesunkene Bauch, die herausstehenden Knochen. Leicht wie eine Feder zu sein, leicht wie eine Seele – »eine Feder auf dem Atem Gottes« (die heilige Hildegard von Bingen).

Nicht alle durch Hunger verursachten Empfindungen sind unangenehm. An manchen Tagen hatte ich ein Universum aus Sternen im Kopf. Der Gedanke, dass das, was ich tat, schlecht für mich sein könnte, kam mir nie, und ich erinnere mich auch nicht, dass es mir jemals irgendwer nahegelegt hätte. Masochismus, Anorexie – das waren Wörter, die ich erst viel später hörte. Es hätte schlimmer sein können. Ich habe mich nie krank gehungert, ich habe mich nicht gezwungen, mich zu übergeben, habe nie Ex-Lax oder sein populäres »natürliches« Äquivalent genommen: eine Schachtel getrockneter Aprikosen und Tee. Ich kannte Tänzerinnen, die all das taten. Aber während dieser Jahre wurde der Samen der Krankheit gesät. Das Gefühl, dass Essen eine widerliche Gewohnheit und Lebensmittel unrein waren, verfolgte mich. Vor mir lagen Zeiten, als ich Essen nur mit Mühe bei mir behalten konnte, als ich mir die Zähne nicht putzen konnte, ohne zu würgen, und als ich mich, sosehr ich es auch versuchte, nicht davon abhalten konnte, mir vorzustellen, worin sich das Essen, das mich anwiderte, »verwandeln würde«.

Meine beste Freundin im Ballettunterricht war ein sehr dünnes und sehr reiches Mädchen namens Portia. Ein

schöner Name – kein Name für ein gewöhnliches Mädchen, schien mir, sondern ein Name für die Bühne. Die
Bühne war nicht nur ein Traum von ihr, sondern eine
Art Geburtsrecht. Ihre Familie war seit Generationen
am Theater. Sie hatte berühmte Großeltern. Ihr Vater
war Schauspieler gewesen und war jetzt Produzent. Ihre
Mutter war Tänzerin gewesen und war jetzt Schauspie-
lerin. Sie kannten viele Tänzerinnen und Schauspieler.
Sie kannten Mr. und Mrs. Strawinsky.

Samstags gingen wir oft nach dem Unterricht zu Portia. Die Wohnung in der Park Avenue auf Höhe der Siebziger hatte genauso viele Zimmer wie ein großes Haus –
eine architektonische Möglichkeit, die mir bislang nicht
in den Sinn gekommen war. Vor allem die Küche beein-
druckte mich mit einer Vorratskammer so groß wie mein
zukünftiges Wohnheimzimmer im College. Wie immer
staunte ich über die Menge an Essen. Pyramiden aus Dosen, ein ganzes Fach mit Müslipackungen; viele verschiedene Sorten Kaffee, viele verschiedene Sorten Tee. »Was
möchtest du trinken?« Als mir Portia die Frage zum ersten Mal stellte, sagte ich: »Was habt ihr denn?« Sie sah
mich verwirrt an, dann lachte sie und sagte: »Alles, was
du willst, Dummchen.« Und so war es.

Wieder einmal leitet mich die Nase in der Zeit zurück.
Die gesamte Wohnung roch köstlich: nach Wald, Sommer, den Alpen. Nie nach Essen, soweit ich mich erinnere, obwohl viel gekocht wurde. Es war eine Chinesin
– still wie ein Baum, mit einem Gesicht, in dem sich wie
bei einer Puppe scheinbar nur die Augen bewegen konnten –, die für die Familie kochte. Ich werde nie verges-

sen, dass Portia von der Frau sagte, sie wäre für ein besonderes Abendessen von ihrer Mutter an eine Freundin *ausgeliehen* worden (zusammen mit der Entenpresse). Es war vermutlich das Wort *ausgeliehen*, das meine Entscheidung festigte, Portia nicht von meinem Vater zu erzählen. Aber dann fragte mich Portias Mutter eines Tages, ob ich zum Teil asiatisch sei.

»Mommy, woher hast du das gewusst?« Portia war begeistert.

»Ach, ein alter Trick. Wenn man wissen will, ob jemand Jude ist, soll man ihn sich angeblich mit einer Kippa vorstellen. Ich habe deine kleine Freundin gerade in einen Kimono gesteckt!«

Als wir später in der Küche saßen und Tee tranken, sagte Portia zur Köchin. »Meine Freundin ist auch zum Teil chinesisch.« Woraufhin die Frau, die mit einem kleinen Hackebeil und unglaublicher Geschwindigkeit Gemüse schnitt, nicht einmal aufblickte.

Ich war gern bei Portia. Es war überraschend einfach, mich dort zu Hause zu fühlen, obwohl es so herrschaftlich war. Es war anders als im Fernsehen. Wenn im Fernsehen die Vorstellung von Reichtum vermittelt werden sollte, geschah es meistens durch Blässe und Glanz. Eine Frau mit hellblondem Haar trug ein weißes Gewand und eine weiße Pelzstola. In den Zimmern weiße Teppiche und weiße Möbel, alles sah brandneu, luftig und schwerelos aus – aus Zucker gesponnen wie die Zuckerwatte, die mir mein Vater in Coney Island kaufte. Aber Portias Wohnung war ganz Dunkelheit und Muster und Kraft: Holz, Wandteppiche, viele schwere dunkle Möbel. Und:

»Es ist sehr alt«, sagte sie zu praktisch allem, wonach ich sie fragte.

»Meine Eltern sind Partylöwen.« Es war das erste Mal, dass ich diesen Ausdruck hörte, und ich lachte und stellte mir eine Szene aus einem Kinderbuch vor. Ich wusste, dass Portias Eltern fast jeden Abend ausgingen, und oft war bereits ein halbes Dutzend Gäste da, wenn wir in die Wohnung kamen. »Sind sie nicht reizend?«, sagte Portias Mutter, wenn wir das Wohnzimmer betraten. »Sind sie nicht zwei kleine Schmuckstücke?« Ich hatte nie jemanden so reden gehört. Das Verhalten dieser Leute war ganz und gar neu für mich. Ich hatte nie gesehen, dass sich Leute so oft berührten, hatte nie jemanden so laut sprechen gehört. Sie sprachen alle, als wollten sie noch im Nebenzimmer gehört werden, sie lachten laut und schallend, und sie lachten viel, und Portias Mutter weinte oft. Ihre Tränen waren ganz anders als die Tränen meiner Mutter. »Meine Mutter ist sehr gefühlvoll«, erklärte Portia im selben Tonfall, in dem sie hätte sagen können: »Meine Mutter ist einkaufen gegangen.« Eine auffällige Frau, schlank und geschmeidig wie ein Weidenzweig, mit elfenbeinfarbener Haut und großen, dunklen, glänzenden Augen wie schwarze Oliven. Portias Vater, Jahre älter als seine Frau (und erst jetzt, da ich ihn mir vorstelle, sehe ich, dass sein steifes welliges Haar nicht echt war), spielte gern Klavier für seine Gäste, Lieder, die ich erst später als die Songs von Cole Porter und Rogers und Hart identifizierte. Manchmal sangen die Leute dazu, und manchmal sagte Portias Mutter: »Nein, nicht das, bitte, oder ich muss weinen.« Aber ihr Mann spielte das

Lied trotzdem, und sie weinte, aber statt sich über ihn zu ärgern, küsste sie ihn, als er zu Ende gespielt hatte.

Es wurde so viel geküsst. Frauen küssten Frauen: Auch das war neu für mich. Ich versuchte mir vorzustellen, wie die Frauen in der Sozialbausiedlung sich umarmten, sich gegenseitig Schätzchen nannten, auf den Bänken saßen, so wie diese Frauen auf mehreren Sofas saßen, die in dem Wohnzimmer leicht Platz fanden, den Arm um den Hals der Nachbarin geschlungen. Eingeprägt hat sich mir das Bild zweier Tänzerinnen, die aus demselben Glas tranken, an derselben Zigarette zogen und einander Küsschen gaben. Die Frauen hatten alle Namen wie Lili und Margot und Colette – und dort fand ich sie wieder: in Colette.

Meine Mutter hörte mit voller Aufmerksamkeit zu, wenn ich ihr Portias Welt beschrieb. Aber sie lachte ihr verächtlichstes Lachen, als ich sagte, dass ich als Erwachsene auch so leben wollte. Portia lernte meine Eltern nie kennen, kam nie zu mir nach Hause. Als es einmal sehr spät wurde, schickte mich ihr Vater mit der Limousine nach Hause, den ganzen Weg bis in die Siedlung. Der Fahrer musste einen Stadtplan benutzen, weil ich keine Ahnung hatte, wie ich ihn dirigieren sollte. Danach hielt ich Ausschau nach Anzeichen für veränderte Gefühle seitens Portia oder ihrer Eltern mir gegenüber, und war erleichtert, als ich keine entdeckte. Dass ich keine Möglichkeit hatte, Portia nach Manhattan zurückzuschicken, war meine Ausrede dafür, dass ich sie nie zu mir einlud.

Portia ging in die spezielle Vorbereitungsschule für darstellende Künstler, und als gäbe es noch nicht genug, worum ich sie beneidete, musste sie kaum Hausaufgaben machen. Ein hübsches Mädchen mit einem offenherzigen fröhlichen Temperament. Ein braves Kind, wie wir sagten. Sie hatte die dunklen glänzenden Augen ihrer Mutter. Selbstvertrauen war das große Merkmal ihrer Persönlichkeit. Im Unterricht war sie nicht so gut. Sie war nicht so gut wie Pamela, an unseren großen blonden Star reichte sie nicht heran, und obwohl sie hart arbeitete, verwechselte niemand sie mit den Auserwählten. Doch es gab keinen Zweifel, was ihre Zukunft betraf. Es war nur eine Frage der Zeit. Für sie würde eine Nische geschaffen, und eines Tages, wenn es an der Zeit war, würde ihr Vater sie mit seinen starken Armen hochheben und dort absetzen.

Sie starb mit sechzehn an Leukämie. Als ich davon erfuhr, wäre sie fünfundzwanzig gewesen, und ich hatte seit Jahren nicht mehr an sie gedacht. Jetzt kann ich mich nicht an sie erinnern, ohne mich auch an den alten irischen Portier zu erinnern, der samstags am Eingang ihres Gebäudes Dienst tat. Rosa, sonnenverbrannt wirkende Haut und einen Bausch frischer weißer Haare, wie Schnee auf Hausgiebeln. Er war auch einer, der alle Schätzchen nannte. Er hält uns die große Tür weit auf, als wir in die Lobby kommen. Er strahlt Portia an und will wissen, wie es mit dem Tanzen geht, und er hört zu, als sie antwortet, mit einem zärtlichen und stolzen Blick, als wäre sie seine Enkelin. Er lächelt uns nach, als wir durch die Lobby zum Aufzug gehen; er wartet, bis sich die Aufzugtüren geschlossen haben, den Blick unverwandt auf Portia gerichtet. Und im letzten Augenblick, bevor sich die Tür vor uns endgültig schließt, erlischt das Licht in seinem Gesicht, und seine Miene wird wehmütig, als befürchtete er, dass sie nie wieder herunterkommen würde.

Das alte Gebäude, in dem sich das Ballettstudio befand, wurde Anfang der siebziger Jahre abgerissen. Vor nicht langer Zeit wurde vor dem Gebäude, das an seiner Stelle errichtet worden war, ein Gewaltverbrechen begangen. Das Blut des Opfers auf dem Gehweg ist noch nicht völlig verschwunden. Das Blut einer jungen Frau.

Damals gab es keinen Wachmann in der Lobby, und die Leute kamen und gingen ungehindert. Der Aufzug, ein großer klappriger Käfig, war am Ende der Lobby, drei Stufen erhöht. Eines Tages, als ich das Gebäude betrat, kam hinter mir ein Mann herein. Wir warteten gemeinsam auf den Aufzug, und als er da war, stiegen wir beide ein. Es war ein junger Mann, aber seine krumme Gestalt und seine verkniffenen Züge ließen ihn älter aussehen. Er hatte die Hände in den Taschen und den Blick auf den Boden gerichtet. Die Aufzugtür schloss sich gerade, als eine Stimme rief und uns aufforderte, zu warten, und ich drückte auf den Knopf, um die Tür wieder zu öffnen. Drei junge Frauen, die alle wie ich ins Studio wollten, drängten herein. Und jetzt stieg der Mann wieder aus, als hätte er es sich anders überlegt, und wir fuhren ohne ihn hinauf.

Ich dachte nicht mehr an den Mann bis zum nächsten Tag, als ich erfuhr, dass er noch ein paar Minuten in der Lobby gewartet hatte, bis eine weitere junge Tänzerin kam, ein Mädchen, das so unschuldig wie ich in den Aufzug stieg und das er zwang, bis aufs Dach zu fahren, wo er es vergewaltigte.

Das Mädchen war nicht in meinem Kurs, und ich kannte sie kaum. Niemand machte viel Aufhebens um den Vorfall, wie ich mich jetzt entsetzt erinnere, obwohl sie nie mehr ins Studio zurückkehrte. Aber um ehrlich zu sein, ich bedauerte mich mehr als das Mädchen. Zu dieser Zeit hatte ich bereits das Gefühl entwickelt, ständig in Gefahr zu schweben. Ich hatte immer Angst, dass mir etwas zustoßen würde. (Ich war ein Kind des Kalten Kriegs, das keine Notfallübungen brauchte, um überzeugt davon zu sein, dass die Welt jeden Augenblick in die Luft fliegen würde.) Ich kenne Menschen, die ein so knappes Entkommen, wäre es ihnen passiert, als Beweis dafür betrachtet hätten, dass jemand über sie wachte. Aber ich war an das Gefühl gewöhnt, dass es auch mich hätte treffen können, wann immer ich hörte, dass jemand in Schwierigkeiten geraten war. Ich fühlte mich jeden Augenblick meines Lebens bedroht, Gewalt und Gefahr lauerten überall auf mich, und wenn sie mich verfehlten, dann nur um Haaresbreite, und nächstes Mal würden sie mich treffen.

War es dieser Vorfall, der zu meiner überstürzten Entscheidung führte, das Studio zu wechseln? Damals glaubte ich, vernünftige Gründe für eine Veränderung zu haben. Ich hatte oft Schmerzen. Es lag mit großer Sicherheit daran, dass ich spät angefangen hatte und nach nur einem Jahr, statt nach zwei oder drei Spitze tanzen musste. Heute würde ich sagen, dass ich wahrscheinlich unter Sehnenentzündungen litt (auch wenn die Schmerzen bis in die Knochen reichten). Doch damals war ich nicht auf der Suche nach einer Diagnose. Schmerz war gut; Schmerz war vielversprechend. Schmerz bedeutete, dass man hart an sich arbeitete, es richtig machte; besorgt sein musste man, wenn man keine Schmerzen hatte. Das konnte einem jede Tänzerin bestätigen. Aber ich tanzte schlecht – nervös, vorsichtig, mit der Angst zu stürzen, die verhängnisvoll für jede Tänzerin ist –, und ich dachte, dass ein Studiowechsel helfen könnte. Als ich in dem neuen Studio vortanzte, war ich gewieft genug, über mein Alter zu lügen. Ich hoffte auf ein Stipendium. Meine Mutter, die damit gerechnet hatte, dass ich das Ballett hinter mir lassen und ans College denken würde, fing an, sich über den vielen Ballettunterricht zu ärgern. Ein Stipendium könnte alles verändern; es würde ihr meine Zukunft aus den Händen nehmen.

Doch bevor er mir dieses Stipendium zugestand, wollte der Direktor des Studios einen Altersnachweis sehen. Ich weiß nicht, ob es die Richtlinien der Schule waren oder ob er mir misstraute, aber es war das Ende.

Ich weiß jetzt, dass ich keine Zukunft als professionelle Tänzerin hatte. Den späten Beginn konnte ich nicht gutmachen, und ich schaffte es nie, auch nur die grundlegendsten Schritte wirklich zu meistern. Sobald ich aufgehört hatte, jeden Tag zu tanzen, verlor ich sofort alle Fertigkeiten, über die ich je verfügt hatte, und das wäre einer besseren Tänzerin nie passiert. Dennoch erstaunt mich, wie leicht ich meinen Traum aufgab. (Aber hatte mich nicht andererseits meine Erziehung dazu konditioniert, Enttäuschungen zu erwarten, in jeder Anstrengung

Vergeblichkeit zu sehen? Manchmal denke ich, dass ich weniger Angst vor dem Scheitern habe als andere Menschen, weil ich weiß, dass es unvermeidlich ist.)

Ich habe vom Schmerz des Tanzens gesprochen. Jetzt möchte ich etwas über den Schmerz des Nicht-Tanzens sagen. Man hört auf zu tanzen, und der Körper zieht sich zusammen. Man fühlt sich wie ein Kleidungsstück, das beim Waschen eingegangen ist. Ein Gefühl, das schlimmer ist als alle Muskelschmerzen. Man ist in einem Körper gefangen, der zu klein für einen ist; man will sich hinauskrallen. War es wirklich möglich, dass sich normale Menschen die ganze Zeit so fühlen? Ich wusste, ich konnte es nicht. Und deswegen tanzte ich im College. Ich machte Kurse in Modern Dance und Jazz, aber diese Stile sprachen mich nie sonderlich an, und ich war nicht gut darin. Erst viel später, beim Yoga, kam ich den körperlichen Empfindungen wieder nahe, die zu vermissen ich nie aufgehört hatte. Das Gleichgewicht zu halten und sich bis an die Schmerzgrenze zu strecken, befriedigen eine tiefe Sehnsucht in mir.

Es dauerte lange, bis ich es abermals mit Ballett versuchte, und als ich es tat, wurde mir mein Fehler bewusst und ich hörte sofort wieder damit auf. Es dauerte auch lange, bis ich wieder in Ballettvorstellungen gehen konnte, und als ich es tat, wunderte ich mich, dass ich je so blind hatte sein können. Ballett hat nichts mit Sex zu tun, habe ich gesagt? Von ihrem Partner hoch in die Luft gehoben, wird die Ballerina nach vorn getragen, ihre Beine so weit gespreizt wie nur möglich, der Luftzug weht ihr Chiffonröckchen nach oben Richtung Hüfte. Wenn sie ein Tutu trägt, ist die Wirkung noch alarmierender: eine rüschenbesetzte Zielscheibe mit ihrem Schritt als Zentrum.

Zuzeiten saß ich im abgedunkelten New York State Theater und mir schien, dass es beim Ballett um nichts anderes als Sex ging.

Ich bin sicher nicht die Erste, die eine Verbindung herstellt zwischen dem Spitzenschuh und dem Penis – oder, um präziser zu sein, zwischen dem Spitzenschuh und einer Erektion. Ich kann mich erinnern, mit der U-Bahn zum Unterricht und wieder zurück gefahren zu sein, oft in meine Tasche gelangt und meine Schuhe gestreichelt zu haben, und was für ein Vergnügen es war, sie zu spüren, den glatten Satin, die harten Spitzen. Ich kann mich auch an das besondere Gefühl erinnern, die Aufregung und das Triumphgefühl, das mit dem Développé einherging, das langsame Strecken des Beins aus der Hüfte, kraftvoll und geschmeidig, der Fuß zur Decke gerichtet – je höher das Bein, umso besser das Gefühl.

Als ich im Zuschauerraum saß und diesen Stiletto-Mädchen mit ihren phallischen Füßen zusah, hatte ich das Gefühl, mir würden Schuppen von den Augen fallen.

Ich bin sicher nicht die Erste, die eine Verbindung herstellt zwischen dem Spitzenschuh und dem Binden der Füße. Ich glaube, viele Leute wären überrascht, wenn sie wüssten, was eine Tänzerin mit ihren Spitzenschuhen durchmacht. Vielleicht würde für manche das Vergnügen, Ballett zu sehen, dadurch geschmälert. Es braucht viel Zeit, viele geplatzte Blasen und viel Blut, bevor sich die notwendige Hornhaut bildet, und zu diesem Zeit-punkt sind die Füße einer Tänzerin zu etwas Abstoßen-dem geworden. Ballettfans, die die Füße einer Tänzerin loben, sprechen natürlich von *beschuhten* Füßen. (Die ge-bundenen Füße einer Chinesin – dieser Stumpf, der un-glaublicherweise Lilie genannt wird – steckte immer in einer weißen Socke.)

Spitzenschuhe. Folterkammern aus rosarotem Satin. Es gibt keinen rechten, keinen linken – keine Konturen, die die natürliche Form des Fußes nachbilden. Rosa Bal-lettschuhe aus Satin: der Liebling der Fetischisten. (Dazu passt das Gerücht, dass Balanchine die riesigen Ballen-zehen liebte, die die Füße jeder Ballerina deformieren.) Ballett eine Welt der Frauen? Aber es waren Männer, die das Ballett erfanden – und die Ballerina. Es sind Män-ner, die ihre Füße in diese Schuhe stecken und ihr das Essen aus dem Mund nehmen. All das, um das begehrte Geschöpf zu erschaffen, mehr Junge als Frau, eine Art drittes Geschlecht – ist es wirklich möglich? –, eine Frau mit einem Penis, eine Frau fähig zu einer Erektion.

Ballerina: schön, passiv, stumm. *Todgeweiht.* Der poe-tischste Stoff, sagte Poe, ist der Tod einer schönen Frau. Er hätte *Serenade* geliebt. Ballettfans gebrauchen das Wort *Göttin* – aber welches Geschöpf ist enger mit Machtlosigkeit und Sterblichkeit verknüpft? Sklaven-mädchen trifft es besser. (Es gab eine Zeit, als die Linie zwischen Tänzerin und Konkubine schmal war. Die Odalisken der Kunstgeschichte waren oft Ballerinen.) Die an ihren Körper gestellten Forderungen sind unge-heuerlich, sogar sadistisch, und sie will es so. Denn sie ist eine Frau, die sich nach Disziplin und einem Meister sehnt. (Sagte der Sultan-Choreograph von seiner Lieblingstänzerin: »Gleichgültig, was ich von ihr verlangt habe zu tun, sie hat nie Nein gesagt.«) Man kann ihr antun, was immer man will. Sie völlig fertigmachen, ihr die Zunge rausschneiden, sie verhungern lassen, ihre Füße, ihr Herz brechen. *Natürlich* ist ihr Leben kurz. Ihr großer Feind ist der Feind aller Schönheit: die Zeit. Das große blonde Mädchen, dem ich im Unterricht folgte und das ein Star wurde: Ich hatte ihre Karriere verfolgt und kannte die Geschichte ihrer Verletzungen und ihrer anderen Probleme. Mit vierunddreißig war sie gezwungen, aufzuhören. Ich würde dennoch Jahre meines Lebens geben, um auf ihren Zehenspitzen gestanden zu haben.

1971. Wir marschieren den Broadway entlang. *Beendet den Krieg.* Auf der ganzen Strecke stehen Menschen in den Fenstern, um zuzusehen. Ich blicke auf und sehe in einem Fenster ein Bouquet hübscher, kleiner, runder Köpfe: Wir hatten den Unterricht unterbrochen. Die Gesichter der Mädchen neugierig, verwirrt. Plötzlich verschwinden sie – Puff! Madame ruft sie zweifellos an die Stange zurück. Ich empfand Neid – und es war wirklich Neid –, nicht nur weil sie tanzten und ich nicht. Worum ich sie noch mehr beneidete, war, dass sie sich wegen des Kriegs keine Gedanken machen mussten. Sie hatten eins meiner großen Ziele erreicht: die Flucht aus dem wirklichen Leben. Sie mussten nur über eine Sache nachdenken. (Als ich zum ersten Mal hörte, dass es ein Buch gibt mit dem Titel *Die Reinheit des Herzens (ist, in Wahrheit eines zu wollen)*, dachte ich, dass es genau davon handeln muss: Unbeirrbarkeit, Leidenschaft, Zielstrebigkeit; von einer Liebe, einem Daseinsgrund.) Ich habe Menschen, die vieles gut können, immer bewundert, aber nie beneidet. Ich habe immer nur eine Sache gut machen wollen.

Als Tänzerin war es mir für kurze Zeit möglich zu glauben, dass die Welt ein einfacher Ort war, offen und klar wie Geometrie. Balance, Symmetrie, Bewegung, Form. Reinheit des Herzens. Wille. *Arbeite so hart, wie du kannst. Mach es schön.*

Aber warum tanzen Männer nicht auf Spitze?

Und warum muss die Frau in *Serenade* sterben?

Ich kannte einen Musiker, der Medizin studierte. In der Ausbildung, als er in der Chirurgie assistierte, spielte er während langer Operationen in seinem Kopf immer wieder die Musik, die er am meisten liebte – ganze Symphonien und Konzerte von Anfang bis Ende: Er nannte es seinen unsichtbaren Walkman. Ich habe noch immer Mühe, mich lange auf meine Arbeit zu konzentrieren, ohne abzuschweifen und im Kopf Variationen durchzugehen.

Halb sieben an einem Winterabend, und ich bin auf dem Heimweg vom Unterricht. Es muss eine sehr gute Stunde gewesen sein – ich musste im Unterricht gelobt worden sein oder endlich einen Schritt gekonnt haben, von dem ich geglaubt hatte, dass er mir nie gelingen würde. Ich ziehe meine feuchte Strumpfhose aus, wickle sie in ein Handtuch und stopfe alles in meine Tasche. Mein pitschnass geschwitztes Haar lasse ich hochgesteckt. Mein Körper ist noch warm und ein bisschen zittrig von der Kombination der großen Sprünge. Hinaus in die Kälte. Während des Unterrichts hatte es angefangen zu schneien. Auf dem Boden ein Leintuch aus weißem Flanell, die Schritte gedämpft, der Verkehr gedämpft. Ich gehe zur U-Bahn, freue mich über die Küsse aus Schnee, die meine geröteten Wangen kühlen. Jede Pore meiner Haut ist offen geschwitzt, jede Zelle prickelt, ich glühe. Vor der Carnegie Hall hat sich eine Menschenmenge angesammelt. Zwei Männer, die mir entgegenkommen, hören auf, miteinander zu sprechen, und starren mir nach, als ich an ihnen vorbeigehe. Ein Augenblick vollkommener Magie; ein plötzliches Gefühl der Schwerelosigkeit, der Welt, die sich zurückzieht; die Überzeugung, dass etwas Großartiges und Wunderbares auf mich zukommt. Beinahe hätte ich die Hände ausgestreckt.

Was immer dieses Großartige und Wunderbare war, es kam nicht. Aber die Erinnerung an diesen strahlenden Moment ist mir geblieben, schmolz mit dem Schnee in meine Haut – und kehrte ein paar Jahre mit aller Macht zurück, an einem anderen leisen verschneiten Abend.

Ende des Semesters. Es ist sehr spät, und ich bin allein in meinem Zimmer. Ein schmaler Schreibtisch vor dem Fenster, das auf den sich langsam mit Schnee füllenden Hof hinausgeht. Aufgeschlagene Bücher auf dem Schreibtisch, eine helle Lampe, Zigaretten, das Foto meines Freundes. Ich werde die ganze Nacht dasitzen, ich werde alle Zigaretten rauchen, und am Morgen werde ich durch

den Hof gehen, um Fragen über Literatur und den tra-
gischen Sinn des Lebens zu beantworten. Das Geräusch
eines Stifts, der in der Nacht über Papier fährt, ist ein
heiliges Geräusch. Ich möchte etwas aufschreiben, das
T. S. Eliot gesagt hat: Menschen sind fähig zu Leiden-
schaften, denen die menschliche Erfahrung nie gerecht
werden kann.

4. Teil

Vadim

Mir scheint, dass das Zimmer voller Rauch war oder dunstigem Licht. Oder vielleicht sind es die Vorhänge, an die ich mich erinnere. Es war Sommer – das weiß ich. Die Fenster waren offen, und da hingen dünne Vorhänge – hell, aber nicht sehr sauber –, die sich sachte vor den Fenstern bewegten, wie Rauch. Spätnachmittag an einem sehr warmen Tag. Ein Haus irgendwo in einem Viertel, das ich nicht kannte, ein Haus, zu dem ich gefahren worden war und das ich nicht wiedergefunden hätte. Feucht und dunkel wie ein Keller, als wir eintraten. Wer wohnt hier? Ich weiß es nicht. Ein armes Zuhause, schäbig, aber nicht elend. Das Bett, in das ich mich gerade gelegt hatte, war nicht gemacht. Meine Kleider liegen auf einem Stuhl. (Aus unerfindlichem Grund war es mir wichtig gewesen, sie selbst auszuziehen.) Vor dem Fenster steht ein großer Baum und er ist voller Vögel, die meine Schande besingen, ein Lied, das diese Vögel ihren Jungen und anderen Vögeln auf der ganzen Welt beibringen werden, so dass ich, wo immer ich bin, in anderen Räumen, in anderen Betten, manchmal erwache und sie meine Schande besingen höre.

Der Mann ist im Bad. Ich höre das Geräusch von laufendem Wasser, ein Räuspern.

Eine Brise. Sich bauschende Vorhänge. Vögel.

Er kommt ins Zimmer und sieht mich im Bett liegen. Er knöpft sein Hemd auf, als er sich nähert. Seine Brust ist weiß, doch sein Gesicht und seine Hände sind gebräunt. Blaue Augen. Zähne. Große Zähne, ein Eckzahn zeigt ein bisschen nach außen: scharf. Raubtier. Goldkette. Tätowierung. Stark. Er neigt sich lächelnd über mich, öffnet weit den Mund, bedeckt meinen Mund mit seinem, meinen ganzen Mund. Wird er mich verschlingen?

Wild schlagendes Herz. Vögel.

Als er sich aufrichtet, lächelt er nicht mehr. Er blickt drein, wie er zuvor dreingeblickt hatte, im Auto, als er uns hierherfuhr und glaubte, falsch abgebogen zu sein. Als er das Laken von meinem Körper zieht, kämpfe ich gegen den Impuls, mich einzurollen.

Er sagt: »Du bist noch ein Kind, stimmt's?«

Wenn man auf sein jüngeres Selbst zurückblickt, hat man oft das Gefühl, als blicke man nicht auf sich selbst, sondern auf eine andere Person zurück, und diese andere Person existiere noch irgendwo. Seit vielen Monaten lebe ich jetzt mit dem Bild dieses Mädchens, denke über sie nach, nicht als wäre sie erwachsen und zu der geworden, die ich jetzt bin, sondern als könnte man sie noch immer finden, so, wie sie war, in diesem Bett, in diesem Haus, das sie nicht wiedergefunden hätte.

Wüsste ich den Weg zu diesem Haus, würde ich ihr viele Fragen stellen: Was tat sie dort? Warum ging sie mit diesem Mann mit? Wonach suchte sie? Vor allem möchte ich sie fragen, warum ausgerechnet sie – die vor allem Angst hatte – keine Angst hatte, das zu tun.

Ein Nachmittag im Juni viele Jahre später. Ein hell beleuchtetes Büro in Midtown Manhattan. Vorstellungsgespräch. Wie lange unterrichten Sie Englisch? Welche Fremdsprachen sprechen Sie? Welche Länder haben Sie bereist? Haben Sie jemals im Ausland gelebt? Glauben Sie, dass Sie Heimweh haben werden, wenn sie zwei ganze Jahre ins Ausland gehen?

Der Mann, ein junger, ernst dreinblickender Mann in den Vierzigern, beobachtet unverwandt mein Gesicht. Das Gesicht, das ich ihm zeige, ist jung, ernst, ein bisschen erstaunt, unwissend. Es ist das Gesicht, das er sehen will, das Gesicht, das mir den Job einbringen wird.

Ich muss ein Bewerbungsformular ausfüllen. Bitte benutzen Sie schwarze oder blaue Tinte und schreiben Sie deutlich. Ich werde in ein anderes Zimmer geführt, wo andere Bewerber an einem langen Tisch sitzen und mit schwarzer oder blauer Tinte deutlich schreiben. Eine Weltkarte an der Wand. Die gleichen Fragen, die mir gerade gestellt wurden, muss ich jetzt schriftlich beantworten. Ich wünschte, Rauchen wäre erlaubt.

Auf dem Weg von dem Vorstellungsgespräch nach Hause kaufe ich Pfingstrosen. Später am Tag schaue ich von meinem Buch auf und empfinde einen Stich. Denn sie haben sich voll geöffnet, wie es Pfingstrosen häufig tun. Sie haben sich praktisch von innen nach außen gekehrt. Für sie bedeutet das einen früheren Tod. Es erscheint mir nahezu großzügig. *Sie strecken sich, um schön zu sein.* Die Ausdrucksweise bleibt mir im Kopf.

Das Mädchen liegt mit dem Mann im Bett. Der Mann schläft fest. Das Mädchen schläft nicht. Sie ist hellwach, sie könnte nicht wacher sein, ihr ganzes Leben lang war sie nie so wach. Es ist nicht der richtige Zeitpunkt, ihr Fragen zu stellen. Sie muss aufstehen, sie muss sich anziehen, sie muss hier weg.

Vögel. Rauch.

Ich will nicht sagen, wie alt ich war.

Oft war dem Mädchen gesagt worden: Wenn dich ein Mann ansieht, schau ihn nicht an. Ignorier ihn einfach. Tu so, als wäre er nicht da.

Ihr Vater sieht sie nicht an. Ihr Vater kann eine Tochter nicht von der anderen unterscheiden. Aber die Welt ist voller Väter, und sie kann nicht für alle unsichtbar sein. Sie kann sich nicht erinnern, dass es eine Zeit gab, als die Versuchung nicht für sie existierte. Sie blickt ständig zurück. Ihre Augen wurden groß beim Zurückblicken.

Wie in allen Dingen spielt die Mutter des Mädchens eine herausragende Rolle. Entschlossen, *ihr* Kind von den »ekligen kleinen Gören« der Sozialbausiedlung zu unterscheiden, kleidet sie das Mädchen wie einen Traum von einem Mädchen: weiße Strumpfhosen, kurze Glockenröcke mit breiten gestärkten Schleifen am Bund. Weil die Mutter die Schneiderin der Familie ist, hat das kleine Mädchen auch später kaum mitzureden, wenn es um ihre Kleidung geht. Viel, was die Mutter für sie auswählt, ist aufsehenerregend, freizügig. Die Tochter jammert. »Das kann ich nicht in die Schule anziehen!« Die Mutter winkt ab. (»Wenn man jung ist, kommt man mit allem durch.«) Erst viel später fragt sich das Mädchen, ob ihre Mutter diese Risiken auch auf sich genommen hätte.

Tu alles, damit die Männer dich ansehen, und wenn sie dich ansehen, tu so, als würden sie nicht existieren. Denn nur eine Schlampe erwidert den Blick. Ist das vollkommen klar? Frühe Lektion zu den Lebensbedingungen der Frau.

Sehr jung, noch ein Kind, bemerkt das Mädchen, dass sie sich zu Männern hingezogen fühlt, wie es andere Kinder nicht tun. Was immer diese männliche Aufmerksamkeit beinhalten mag, Freundlichkeit gehört dazu – sie ist überzeugt, dass sie sich da nicht täuscht. »Ich wünschte, du wärst *mein* kleines Mädchen.« Vertretbarer, unschuldiger Wunsch. Ihr ist bewusst, dass sie sich über ihre Fähigkeit freut, Männer zum Lächeln zu bringen. Im Allgemeinen ist ihr die Gesellschaft von Erwachsenen lieber (auch von Frauen, aber vor allem von Männern) als die von Kindern. Erwachsene sind verständnisvoller, die besseren Zuhörer, und sie hat so viel zu sagen. Männer fassen dich gern an, setzen dich auf ihr Knie und streicheln dich, als wärst du ein Kätzchen. Sie hat Kätzchen beobachtet. Auf den Rücken rollen, den Bauch darbieten, den Kopf schräg legen. Während ihre Augen groß wurden, wird ihr Gesicht jetzt dreieckiger. Sie weiß, dass etwas nicht stimmt, etwas Unaussprechliches, das sie nicht zu fassen bekommt. Über dem ganzen Bild eine Tönung der Traurigkeit. Wieder fällt es ihr erst später ein: Viele der Männer, die ihr so viel Aufmerksamkeit entgegenbrachten, waren Verlierer. Doch von diesen frühen Tagen nimmt sie eine Vorstellung von männlicher Liebe mit, die freundlich, verstohlen, melancholisch ist. Hoffnungslos.

Verglichen mit ihrem Vater sind andere Männer normalerweise größer, haariger. Die Männer in der Nachbarschaft sind harte Kerle, Hitzköpfe, stets bereit, die Fäuste einzusetzen. Manche haben gesessen. Oft riechen sie nach Whiskey. Tiefe raue Stimmen, wenn sie leise sprechen, große raue Hände, wenn sie liebkosen – das geht ihr ans Herz. Während dieser Zeit beschäftigt eine gewisse Geschichte ihre Phantasie – eine Geschichte, in der sich ein Kind mit einem wilden Tier anfreundet. Ein Film über ein kleines Mädchen und einen Löwen. Der Löwe ist nur mit dem Kind sanftmütig; kein Erwachsener darf sich ihm nähern. Ein anderer Film, viele Male im Fernsehen gesehen und sehr geliebt, über ein Mädchen und einen Gorilla namens Joe, übernatürlich groß und stark. Wird er geärgert, wird er böse, richtet ungeheure Zerstörung an, aber immer sanftmütig mit dem Mädchen. Auf dem Höhepunkt des Films rettet er Kinder aus einem brennenden Waisenhaus. »Joe! Joe! Hilfe, Joe!«

(So ist er entstanden, glaube ich. Das ist die Wurzel des Traums: Er wird liebevoll und zärtlich sein. Er wird stark, wild und brutal genug sein, um mich vor der Welt zu beschützen.)

Der Wunsch zu gefallen, zu bezaubern – das Verlangen, Verlangen zu provozieren – ist tief in mir verwurzelt und scheint von Anfang an da gewesen zu sein. Wo ich das Flirten gelernt habe, ist mir ein Rätsel. Bestimmt nicht von meiner Mutter und nicht von meinen Schwestern, die diese Eigenschaft nicht mit mir gemein haben. Er war von Anfang an da: mehr ein Zwang als ein Charakterzug. Und die Überzeugung – oder Phantasie –, dass ich Männern gefallen könnte, dass ich wusste, was Männer wollten, war auch immer da.

Wenn ein Mädchen zu leicht zu haben ist, werden Männer es nicht wollen. Ich war dankbar, früh zu lernen, dass das eine Lüge war. Aber es ist schwer für ein Mädchen, ständig mit der Bedrohung zu leben, eine *Schlampe* zu sein. Und eine *Schwanzfopperin*. Es wurde mir vorgeworfen, aber es stimmte nicht wirklich. Ich habe mich fast nie zurückgehalten.

Ich halte es für unmöglich, dass ich nie vom Heiraten träumte. Aber falls ich es tat, starb dieser Traum früh und hinterließ keine Spuren. Was mir blieb, war ein Horror vor der Ehe, und den verdanke ich nicht nur meinen Eltern. Als ich aufwuchs, erlebte ich keine glücklichen Ehen – zumindest nicht außerhalb des Fernsehens. (Als ich mich einmal bei meiner Mutter über unser Familienleben beschwerte, schüttelte sie den Kopf und sagte: »Du schaust zu viel Fernsehen.«) Die friedlosen Haushalte der Sozialbausiedlung. Frauen und Männer, die sich ständig an die Gurgel sprangen, und die Kinder überwältigt. Vielleicht konnten sie sich gegenseitig täuschen, aber nicht die Kinder: Mom und Dad wollten einander umbringen. In Gesellschaft von Paaren werde ich noch immer ängstlich. Fast immer diese Spannungen, die kleinen Sticheleien und Beleidigungen. Eine Frau überlebt, von einem Mann hinter ihr vor die U-Bahn gestoßen zu werden, und sagt: »Das Erste, das mir durch den Kopf ging, war, dass es mein Mann war. Wir hatten am Morgen gestritten.«

In der Highschool gab eine junge Frau namens Miss Perce den Hygieneunterricht für Mädchen. Als sie mit ihrem Verlobungsring prahlte, fragte ein Mädchen, wie es sich anfühlte, bald zu heiraten. Miss Perce sagte: »Alles wird jetzt anders werden, und ich weiß, dass ich mich ändern muss. Ich meine, ich werde keine fünf Dollar mehr für einen Lippenstift ausgeben.« Vielleicht sagte sie noch mehr. Ja, sie muss mehr gesagt haben. Aber ich erinnere mich nur an den Lippenstift und daran, was für eine seltsame und entmutigende Bemerkung es war. Ich wette meinen Ringfinger darauf, dass vierundzwanzig der fünfundzwanzig Mädchen in dieser Klasse geheiratet haben. Ich denke oft an Miss Perce, wenn ich mir einen Lippenstift kaufe. Ein guter kostet jetzt ungefähr zwanzig Dollar.

Eine große, gut gelaunte Familie um einen hübsch gedeckten Tisch. Ein geräumiges, gepflegtes Zuhause. Ein Hund. Ein Garten. Noch einmal, auch ich muss davon geträumt haben, vor langer Zeit, doch dieser Traum wurde rasch ersetzt.

Ein Zimmer. Ein Stuhl, ein Tisch, ein Bett. Fenster auf einen Garten. Musik. Bücher. Eine Katze, die mich lehrt, mit Würde allein zu sein. Ein Zimmer, in dem Männer kommen und gehen mögen, aber nie bleiben. Ich begann schon als Jugendliche, von diesem Zimmer zu träumen. Ich sah es am Ende eines langen schwankenden Flurs auf mich warten.

Es ist nicht nur das Herz, das seine Gründe hat. Bestimmt existiert in irgendeiner Sprache der Welt ein Wort, das »aus Gründen des Körpers« bedeutet. Der Körper: Nichts macht ihn dir bewusster – seine Schönheit und seine ideale Fähigkeit, Gefühle auszudrücken – als der Tanz. Und nichts adelt den Körper so sehr wie das Ballett. Beim Ballett geht es darum, sich zu öffnen (Auswärts: die öffnende Rotation des Beckens und der Oberschenkel), und die großen Rollen für Ballerinen fordern, sich für die Liebe zu öffnen, nicht nur den Körper, sondern das ganze Wesen. Man gehe ins Ballett, man schaue sich Giselle, Odette, Julia und Aurora an und man sehe. Der Wunsch, nur Körper zu sein, der Traum von einer Sprache aus Bewegung, rein auf eine Weise, wie Sprache (»die Feindin des Geheimnisses« – Mann) nie rein sein kann – ich wäre nicht dieselbe Liebhaberin gewesen, hätte ich nicht getanzt. Und es war wirklich mein Ehrgeiz, der anderen ehrgeizigen Zielen in die Quere kam, zwischen mich und alle anderen Ziele trat: eine verliebte Frau zu sein. Die Liebe bietet die Möglichkeit nicht nur der Erfüllung, sondern auch des Abenteuers und des Risikos, und ausnahmsweise hatte ich einmal keine Angst – weder davor zu leiden noch davor, andere leiden zu machen. In mehr als einer Sprache gibt es nur ein Wort für *Liebe* und *Leid*, und ich habe mich von Klippen gestürzt, ich bin auf das Herz von Männern zugeflogen wie ein Speer.

Aber was tut man, wenn man alt ist? Eine Frau beginnt, diese Frage zu hören, wenn sie noch weit davon entfernt ist, alt zu sein. Im Handumdrehen wird man von der Schlampe zur alten Jungfer. Aber war es so schrecklich, ein altes Mädchen zu sein? Ich sah mich in fremde Länder reisen. Strahlende Sonne, alte Steine, die endlose Mittagszeit auf den Straßen und das ewige Dämmerlicht in den Kirchen. Strohhut, Sandalen, eine weiße Bluse und ein Rock, elegant ausgestellt unterhalb des Knies. Abendessen allein: Brot, Käse, Obst. Lange Zugfahrten, schaukeln, träumen. *Niemand kennt mich.* Der unvertraute Frieden in einem Hotelzimmer. Das schmale Bett mit dem Rahmen aus Eisen. Verblasste Tapeten, originale Gemälde, rührend in ihrer Unbeholfenheit. Niemand kennt dich, du kannst dich jeden Tag neu erfinden. An diesem Abend hast du zwei Briefe geschrieben und den Reiseführer zu Ende gelesen. Du nimmst ein langes Bad, und wenn der Fremde kommt, liebt ihr euch auf dem schmalen Bett, kein Englisch, sprich mit dem Körper. Und danach ist das Bett zu schmal, gute Nacht, mein Lieber, vergiss mich nicht, auf Wiedersehen, auf Wiedersehen.

Gibt es solche Frauen wirklich oder nur Frauen, die Geschichten über solche Frauen schreiben?

Jemand hat gesagt: Frau sein heißt immer etwas verstecken.

Eine Frau, eine Ehefrau, eine Mutter sitzt mit mir in einem Café und spricht über den Mann, den sie die Liebe ihres Lebens nennt. Verschwunden aus ihrem Leben ist diese Liebe jetzt, wie es sein muss, denn er war in jeder Beziehung bis auf eine falsch für sie. Als sie ihn verließ, nahm sie eins seiner Hemden mit, sie wollte etwas, dem sein Geruch anhaftete. Es war sein Geruch, sagt sie, der sie in den Wahnsinn trieb, der sie dazu trieb, alles zu riskieren, was ihr am wichtigsten war. »Ich bewahre es in einer Plastiktüte am Grund der untersten Schublade meiner Kommode auf, und hin und wieder, wenn ich nicht anders kann, nehme ich es heraus und vergrabe mein Gesicht darin.«

Während der Zeit, von der ich jetzt erzählen möchte, unterrichtete ich Englisch für Migranten. (Gebrochenes Englisch: Manchmal glaube ich, es ist mein Schicksal.) Einwanderer. Flüchtlinge. (»Du siehst aus wie ein Flüchtling«, sagte meine Mutter, wann immer ihr nicht gefiel, was ich angezogen hatte.)

Die Schüler kamen aus der ganzen Welt, und es war eine andere Lehrerin, die einmal sagte, dass in den meisten Kulturen Frauen, die so lebten wie wir, überwiegend junge und alleinstehende Lehrerinnen, als Huren betrachtet würden. Warnungen der Schulleitung vor provokanter Kleidung und freundlichem Verhalten, das von den Männern missverstanden werden könnte.

Gerade erst in Amerika angekommen, sprechen die Schüler wenig oder gar kein Englisch, aber unterrichtet wird ausschließlich in Englisch. »Eine andere Sprache, eine andere Seele.« Ein nettes Sprichwort, aber nicht jeder sieht es so. Die Langsamkeit der Fortschritte meiner Klasse macht mir Angst. Oh, der starrsinnige Widerstand des erwachsenen Geistes. Für jeden, der wie meine Mutter ist, gibt es zehn, die wie mein Vater sind und Englisch nie wirklich als zweite Sprache erlernen werden.

Hinten im Raum neben dem Fenster sitzt der Russe.

Anfänglich nicht besser als die anderen, aber bald mein bester Schüler. Ein Hafenarbeiter aus Odessa, aber kein Ukrainer und kein Jude wie die meisten anderen russischen Immigranten hier. Vadim hätte Odessa nie verlassen, sagt er, wären da nicht seine Frau, die Jüdin ist, und die meisten ihrer Verwandten, die bereits in New York sind. Er ist mächtig stolz auf sein russisches Blut. Die Kommunisten mochten sein Land zerstört haben, sagt er, aber die Russen werden immer ein gutes Volk sein. (»Russen haben eine große Seele.«)

Mindestens einen Kopf größer als alle anderen in der Klasse. Prominente Wangenknochen, schräge blaue Augen, volle Lippen, große Zähne und eine Art zu lächeln, dank der man versteht, warum es ein Lächeln *aufblitzen* lassen heißt, denn genau das tut er. Ich glaube, es ist das Lächeln, warum ich an einen Südländer denke. (Und warum lächelt Vadim einfach so, grundlos, mitten im Unterricht? Später erfahre ich, was er sich versprochen hat: »Am Ende des Kurses ich vögle diese Lehrerin.« Und jedes Mal, wenn er sich an diesen Entschluss erinnerte, ließ er sein Lächeln aufblitzen.)

Als ich das Konditional durchnehme, bitte ich die Schüler zu sagen, was jeder von uns wäre, wenn er oder sie ein Tier wäre. Ich wäre angeblich eine siamesische Katze. Und Vadim? »Ein Wolf! Ein Wolf!«

Nichts an ihm, das nicht lang ist – langes Gesicht, lange Arme und Beine, lange Taille. Ein Wettkampfschwimmer in der Jugend; mit siebenunddreißig noch immer lang und geschmeidig. Ein jugendlicher Körper, nur Muskeln und Knochen. Doch das Gesicht ist ausgezehrt, bereits alt, das Gesicht gezeichnet von jahrelanger Sucht. Und das Haar ist überwiegend grau. Er hat die kehlige Bassstimme vieler russischer Männer, und er trägt die internationale Uniform: schwarze Lederjacke und sehr enge Jeans – die Uniform, die ohne ein Messer in der Tasche nicht vollständig wäre. (Wenn ich mit ihm in der Dämmerung durch den Park gehe, spanne ich mich immer an, wenn sich ein Mann nähert. »Du brauchst keine Angst haben«, sagt er. »Ich bin aus Odessa. Ich sehr gut mit Messer.«) Als es wärmer wird, bemerke ich das Kruzifix, das er an einer Kette um den Hals trägt, und frage mich: Was muss seine Frau davon halten? In den Straßen von Brighton Beach zieht es Blicke und gelegentlich Kommentare auf sich. Die Gewohnheit, es zu küssen, wenn er will, dass man glaubt, was er sagt: überhaupt nicht überzeugend.

Ich bin (vielleicht zu Unrecht) stolz auf seine Fortschritte in Englisch – als hätte er bei keiner anderen Lehrerin so gut lernen können wie bei mir. Irgendwann habe ich keine andere Wahl, als ihm zu empfehlen, dass er einen Kurs auf höherem Niveau belegen soll. Als er sich weigert, freue ich mich insgeheim. Ich gebe ihm extra Hausaufgaben, er schreibt mir lange Briefe, die ich lese und korrigiere, und er macht rasch weiterhin Fortschritte.

Als er mich außerhalb des Unterrichts sehen will, und ich Nein sage, schiebt er es auf sein schlechtes Englisch. Würde ich Russisch verstehen, würde ich ihn nicht abweisen, davon ist er felsenfest überzeugt. Je besser sein Englisch, umso besser seine Chancen bei mir. Er lernt und lernt, bis er seinen Mitschülern weit voraus ist. Wir spielen uns über den Köpfen der anderen die Bälle zu voll der Zweideutigkeiten, die den Kern des Flirtens ausmachen.

Über seine Fortschritte sagt er später: »Ich habe es nur für dich getan, weil ich wusste, dass ich nur wenig Zeit hatte, und ich lerne, lerne, lerne, weil ich will dich –«

Ich bringe ihm das Wort *verführen* bei.

Er beklagt, dass er mich nicht auf Russisch verführen kann – eine reichere Sprache als Englisch, beharrt er, besser für die Liebe.

»Ich träume gern«, schreibt er in einem Brief. »Weil man in Träumen alles haben kann, was man will.« Er sagt, dass er oft davon träumt, nach Odessa zurückzukehren und mich als seine Frau mitzunehmen.

In meinen Träumen bleibt er verheiratet, nimmt mich zur Geliebten und bringt mir Russisch bei.

Siebenunddreißig Jahre alt und schon seit zwei Jahren Großvater. Eine nicht ungewöhnliche russische Geschichte. Verheiratet mit zwanzig, wurde er gleichzeitig Ehemann und Vater, denn seine Frau hatte einen zweijährigen Sohn aus einer früheren Ehe. »Wir uns in Tram kennengelernt.« Selbstverständlich: »Ich wollte eigenen Sohn.« Aber: »Als ich hingehe, wo meine Tochter geboren« (die russische Art, der Vater ist nicht in der Nähe, wenn eine Frau ein Kind auf die Welt bringt), »und sie sagen mir, es ist Mädchen, ich laufe davon.« Der Groll auf Mutter und Tochter hielt Jahre an. Er konnte kaum Gefühle für sein kleines Mädchen aufbringen, das nichts

tat außer »ganze Zeit weinen«. Doch sobald sie das Klein-
kindalter hinter sich gelassen hatte, veränderte sich alles. Während er die Geschichte erzählt, macht er kleine
klammernde und zugreifende Gesten, imitiert ihren
kindlichen Ruf: »Vater, Vater.« Sie brachte ihre Botschaft
rüber. »Von da an habe ich angefangen, sie zu lieben, und
seitdem liebe ich sie.« Jetzt ist Swetlana fünfzehn und:
»Sie hat meinen Kopf. Gesicht von Mutter, aber meinen
Kopf.« Stolz. Er hat große Hoffnungen für sein Mädchen.
Erst seit ein paar Monaten im Land, ist sie gut in der
Schule, und ihr Englisch ist so gut wie seins. »Sie wird
aufs College gehen, kein Zweifel.«

Die Mutter ist eine andere Geschichte. Sie spricht kein
Englisch und will es nicht lernen.

Eine weitere von Anfang an zum Scheitern verurteilte
Ehe – scheint mir zumindest.

Gleich nach der Hochzeit zieht Vadim in das Zimmer,
in dem seine Frau und sein Stiefsohn mit ihren Eltern leben. Die Hölle für die frisch Verheirateten. Nachts trennt
nur ein Vorhang die Betten. Obwohl Vadim und seine
Frau sich kaum zu atmen trauen, beschwert sich der Vater jeden Morgen, dass die quietschende Matratze seinen
Schlaf stört. Zwischen Vadim und der Familie seiner Frau
gibt es immer Ärger. Schließlich prügeln sich Ehemann
und Schwiegervater. Öfter als einmal wird die Polizei
gerufen, um den Frieden wiederherzustellen. Vadim beharrt darauf, dass die Familie seiner Frau ihn nicht mag,
weil er Russe ist. In Russland, sagt er, handelt jeder jüdische Witz von der Dummheit der Russen. Er macht die
jüdische Herkunft seiner Frau für viele Probleme seiner

Ehe verantwortlich. »Es war ein Fehler, eine Jüdin zu heiraten, das sehe ich jetzt«, sagt er. Er hat Heimweh und vergisst nie, dass sie in die Vereinigten Staaten gekommen sind, weil seine Frau Jüdin ist.

Eine letzte heftige betrunkene Schlägerei endet damit, dass der Schwiegervater tot umfällt. Totschlag? Die Autopsie stellt eine Hirnblutung fest. Genug, um Vadim vor dem Gesetz reinzuwaschen, wenn auch nicht in den Herzen der Familie seiner Frau.

Unglaublicherweise denkt niemand an Scheidung. Und jetzt, viele Jahre später, wiederholt sich die Familiengeschichte in einem Sozialbau in Brooklyn. Vadim und seine Frau, ihre gemeinsame Tochter, sein Stiefsohn mit *seiner* Frau und einem zweijährigen Sohn sowie Vadims Schwiegermutter dicht gedrängt im Pulverfass einer kleinen Wohnung mit einem Schlafzimmer. Die Fenster klirren vor Spannung. Vadim und seine Schwiegermutter haben seit dem Tod ihres Mannes kaum mehr ein Wort miteinander gewechselt. Täglicher Streit zwischen Vadim und seiner Frau. »Sie schreit und schreit.« Er sagt, dass ihn die Nachbarn, die auch alle Russen sind und jedes Wort verstehen, voller Widerwillen ansehen, wenn er ihnen über den Weg läuft. Da mehr Personen in der Wohnung leben, als der Vertrag erlaubt, ist es verrückt, die Aufmerksamkeit auf sich zu ziehen. Und deshalb betrachtet Vadim die Weigerung seiner Frau, die Stimme zu senken, als ein Zeichen von Wahnsinn. Aber sie lässt sich den Mund nicht verbieten. Und was schreit sie? Dass Vadim nichts taugt, dass er hässlich und zu nichts nütze und sein Penis zu klein ist. Das mag alles sein, wie es will, sie ist seine Frau. Gleichgültig, wie heftig sie streiten, sie erledigt immer ihre Arbeit. Immer steht Essen auf dem Tisch, die Wohnung ist aufgeräumt und die Kleider sind sauber. Vadim gibt ihr jeden Penny, den er verdient, und wenn er Geld für irgendetwas braucht, muss er sie darum bitten. Wie seltsam, denke ich, aber: »So ist russische Art.«

Geld. Wie immer der erste Tagesordnungspunkt. Wie verdient man einen Lebensunterhalt in einem neuen Land. Anfangs gibt es Hilfe: Sozialhilfe, Lebensmittelmarken, kostenlose ärztliche Betreuung und kostenlose Englischkurse. (Schwer vorstellbar, wie meine Schüler ohne diese Hilfe zurechtkommen könnten, auch wenn meine Eltern sie natürlich nicht beantragten.) Wiederholte Versuche, Arbeit im Marine-Terminal von Brooklyn zu finden, scheitern, und Vadim beginnt eine Ausbildung zum Taxifahrer. Der Besitzer einer Taxiflotte in Queens bezahlt dafür, und als Gegenleistung muss Vadim zwei Monate für ihn arbeiten. (An seinem ersten Arbeitstag ruft er mich von der Straße aus an: »Hast du jetzt frei? Ich wollte dich mit meinem Taxi spazieren fahren.«) Zuerst kennt er sich in der Stadt nicht aus, weiß nicht, wo und wann er Fahrgäste finden kann. Er übernimmt die Nachtschicht und fährt in den frühen Morgenstunden meilenweit herum, ohne jemanden aufzutun. Als neu Angestellter darf er Freitag- und Samstagabend nicht arbeiten, die besten Zeiten fürs Geschäft. Nahezu unmöglich, mehr als die 120 $ pro Nacht zu verdienen, die er seinem Chef für das Taxi zahlen muss. Wenn er in der graurosa Morgendämmerung sein

Geld zählt, muss er feststellen, dass er nach zehn Stunden nur ein paar Dollar für sich selbst gemacht hat. Mehr Fahrer als Wagen bei seiner Firma. An manchen Tagen geht er zur Arbeit und wartet bis zu fünf Stunden auf einen Wagen, bevor er aufgibt und nach Hause zurückkehrt.

Er sieht eine Anzeige in der russischen Zeitung: Asbestarbeit, dreißig Dollar die Stunde. »Oh, das willst du doch nicht machen!« Aber das ist, als würde man Russen davor warnen, im Wasser von Brighton Beach zu schwimmen. (»Sauberer als das Schwarze Meer«, insistieren sie.) Vadim sagt: »Wenn ich vor allem Angst haben muss, kann ich nicht leben.« Er raucht vier Schachteln Marlboro am Tag. Was tut da schon ein bisschen Asbest? Seine Eltern sind beide mit Anfang fünfzig gestorben, seine Mutter nur Wochen nachdem Vadim nach Amerika gegangen ist. (»Heute habe ich großen Kummer erhalten«, schreibt er in seiner Hausaufgabe. »Meine Mutter ist nicht mehr.«) Es waren die harten Lebensbedingungen in der Sowjetunion, die sie umgebracht haben, glaubt Vadim. »Ich werde auch nicht alt werden. Ich habe vielleicht noch zehn, fünfzehn Jahre«, sagt er. Gelassen.

Aber es stellt sich heraus, dass diese Anzeige wie so viele andere in den Migrantenzeitungen Schwindel ist. Für den Job muss man ausgebildet sein, und für die Ausbildung muss man eine Gebühr zahlen. Als er sich für den Job bewirbt, beginnt Vadim ein Gespräch mit einem polnischen Vorarbeiter. Sie unterhalten sich halb auf Englisch, halb auf Russisch. Vadim fragt ihn, wie hoch die

Chancen sind, den Job zu bekommen, nachdem man die Gebühr von vierhundert Dollar bezahlt hat. Der Pole gibt ihm eine ehrliche Antwort. Vadim dankt ihm und geht wieder.

Bevor er seine Verpflichtung gegenüber dem Taxiunternehmen, das für seine Ausbildung aufgekommen ist, erfüllt hat, zieht Vadim weiter. Er hat einen anderen Mann aus Odessa kennengelernt, der in seinem Viertel lebt und ein Taxi besitzt. Der Mann ist einverstanden, Vadim jeden zweiten Tag damit fahren zu lassen. Vadim kann den Wagen vierundzwanzig Stunden haben und so viel fahren, wie er will. An den meisten Tagen fängt er frühmorgens an und fährt zwölf bis fünfzehn Stunden, und an einem guten Tag verdient er ungefähr dreihundert Dollar, wovon die Hälfte für den Besitzer des Taxis und Benzin draufgeht. Zu dieser Zeit: »Ich kenne Stadt wie Fläche von meiner Hand.«

Aber es gibt auch schlechte Tage. Schon bald wird er ausgeraubt. »Wo ist das passiert?« »Amsterdam und eins-null-zwei.« »Hundertzweite.« Er muss lachen. »Ich werde mit Pistole überfallen, und dir fällt nur ein, mein Englisch zu korrigieren.«

Es ist jetzt Sommer, und ich denke oft an ihn, der jeden Tag über dreihundert Kilometer fährt und die Klimaanlage nicht einschaltet, um Benzin zu sparen (»Ich sage Fahrgast, ist kaputt.«), während meine Freunde und ich bei Frozen Margeritas in SoHo über die Schwierigkeiten diskutieren, über die Runden zu kommen. Meine Schüler gehen nie in Restaurants oder Bars. Die meisten von ihnen haben in ihrem Leben nur ein- oder zweimal

in einem Restaurant gegessen. Sie wollen nirgendwo hin-
gehen, wo sie etwas bezahlen müssen. Sie gehen kaum
ins Kino, aber alle haben einen Fernseher und *Termina-
tor* gesehen. (»Arnold Schwarzenegger. Er ist euer Kul-
turminister, oder?«, fragt ein Schüler.)

Wenn er arbeitet, packt ihm seine Frau zwei Sandwiches und ein, zwei Stücke Obst ein. Er isst irgendwann
tagsüber, und mehr nimmt er nicht zu sich, weil er zu
müde ist, um noch zu essen, wenn er nach Hause kommt.
Er hat zehn Pfund verloren. Während der Arbeitszeit an-
zuhalten, um etwas zu essen, ist ein Luxus, den er sich
nie erlauben würde. Aber ohne Zigaretten zu fahren,
seien sie noch so teuer, ist einfach undenkbar.

Er ist jetzt vier Monate in Amerika. Der Englischkurs,
den ich gegeben habe, ist zu Ende. Er ist der Erste aus
dem Kurs, der Arbeit findet. Die meisten anderen leben
noch von Sozialhilfe. Und so wird es noch lange Zeit bleiben. Bei vielen für den Rest ihres Lebens, sagt Vadim voraus. Verächtlich.

Obwohl er stolz ist, einen Job gefunden zu haben,
macht er keinen Hehl daraus, wie sehr er ihn hasst. Er
ist entsetzt über die pfeifenden Portiers in der Park Avenue. »Weißt du, was ich mit jemand in Odessa mache,
der nach mir pfeift?« Er legt die Fäuste aneinander und
dreht sie in entgegengesetzte Richtungen – eine Geste,
die er die ganze Zeit macht und die mich stets verunsichert. Aber hier: »Ich kann nichts machen. Ich bin niemand in diesem Land. Ich bin wie Schwarzer hier.« Die
Pfiffe dienen nur dazu, die Aufmerksamkeit eines Taxifahrers zu erregen, gebe ich zu bedenken. Doch Vadim

höhnt: »Türsteher muss nur Hand raushalten, und alle Fahrer sehen ihn. Nein. Leute pfeifen nach dir, damit du dich fühlst wie Hund.«

Dennoch verliert er nie seinen Sinn für Humor. Er amüsiert sich leicht, er redet viel, und er erzählt gern Geschichten aus der Arbeit.

»Schwarzer Mann steigt in mein Taxi, zündet Marihuana an und sagt: ›Russe, was? Mögen Sie Schwarze?‹«

Er ist überzeugt – und welcher Immigrant wäre es nicht? –, dass alle Amerikaner verrückt sind. Der Mann, der sagt, dass er lieber vorn sitzt und Vadim dann zehn Dollar dafür anbietet, dass er seinen Schwanz herausholt. Die Frauen, die mit dem Trinkgeld Visitenkarten übergeben: »Rufen Sie mich an, wenn Sie Ihr Englisch üben wollen.« (Amerikanische Frauen sind nicht schüchtern, erkläre ich ihm. »Aber in Russland nur Hure macht das.«) Der junge Mann, der offensichtlich Geld hat, aber eine löchrige Jeans trägt. Die sexy Blondine, die sich als Mann herausstellt. Der Hundeausführer, der ein Taxi heranwinkt und einen Block nach Hause fährt, weil sein Hund müde ist. Vadim stellt fest, dass es viele New Yorker fasziniert, einen Russen zu treffen. »Sind Sie wirklich aus Russland?« »Ja, wirklich.« Zum hundertsten Mal. »Sie können mich anfassen, wenn Sie wollen.« Die Barnard-Studentin, die Russisch im Hauptfach studiert und nahezu perfektes Russisch spricht und ihm zwanzig Dollar für eine Drei-Dollar-Fahrt gibt.

Eines Tages biegt er auf der Fifth Avenue verbotenerweise links ab. Ein Polizist sieht ihn. Vadim glaubt, er träumt, als er aus dem Taxi steigt und den Polizisten rufen hört: »*Ne dvigaytes!*« Jeder New Yorker Polizist muss wohl diesen einen Satz lernen: Nicht bewegen.

»Aber woher wusste er, dass ich Russe bin?«

Wenn er mit seinen Fahrgästen Small Talk macht oder bei ihren Unterhaltungen zuhört, lernt er weiter Englisch. »Was bedeutet *take it easy*?« »Was heißt *actually*? Warum benutzt jeder das Wort ganze Zeit?« Ich sage, dass *actually* eins der Wörter ist, die man nicht erklären kann, das er jedoch verstehen wird, wenn er es oft genug gehört hat. Und tatsächlich, eines Tages höre ich diese Nachricht auf meinem Anrufbeantworter: »Ich weiß jetzt, was *actually* heißt!«

Anfänglich, bevor er sich auskennt, sagt er zu jedem Fahrgast: »Ich bin neu in der Stadt und fange erst an. Können Sie mir bitte sagen, wie ich dort hinkomme?« Die meisten Leute sind geduldig. Doch eine alte Frau, die nach Central Park West will, hebt angewidert die Hände. »Wieso fahren Sie Taxi, wenn Sie nicht wissen, wohin Sie müssen?«

»Ich sage, oh, hören Sie, was Sie glauben? Ich fahre Taxi, um meine Familie zu ernähren. Glauben Sie mir, nicht um Sie zu ärgern.« Er tritt aufs Gas, und bald kreischt sie ihn an – »wie so viele meine Gäste« –, langsamer zu fahren. »›Fahren Sie langsamer! Langsamer!‹ Warum wollen alle, dass ich fahre langsamer? Glauben sie, ich kann nicht Auto fahren? Nein, sage ich zu ihnen, ich kann nicht langsamer fahren, ich muss Geld verdienen. Ich verstehe nicht. Diese Frau zum Beispiel. Sie ist achtzig, vielleicht neunzig Jahre alt, aber sie *klammert* sich an Leben.« Er schüttelt den Kopf. »Ich verstehe nicht.«

Nein, er kann es nicht verstehen. Er hat vor nichts Angst. Er hat keine Angst, nachts Taxi zu fahren, ohne Trennscheibe, auch nachdem er ausgeraubt wurde. Er hat keine Angst, in irgendein Viertel zu fahren, egal zu welcher Uhrzeit.

»Warum soll ich Angst haben? Wenn mein Gott will, dass ich jetzt sterbe, dann ich sterbe. Wenn er will, dass ich lebe, ich lebe. Du bist wie meine Frau, hast Angst vor allem. Ich spüre es die ganze Zeit. Aber du bist Frau, muss so sein. Aber meine Tochter ist anders, sie ist wie ich, hat Angst vor nichts. Sie hat meinen Kopf, mein Blut.«

Als ich mit ihm im Taxi fahre, erlebe ich es selbst: genau die Kombination von Draufgängertum und Kompetenz, die ich vorhergesagt hätte. Aber etwas ist mir ein Rätsel, und während wir durch die Straßen rasen, muss ich mich fragen: Warum geben mir die Zusammenstöße, die er so geschickt vermeidet, das Gefühl, sicher und in besseren Händen zu sein, als wenn er langsam und vernünftig fahren würde?

Eins weiß ich: Er ist die einzig wahrhaft furchtlose Person, der ich je begegnet bin. Und seine Furchtlosigkeit ist Teil des Zaubers, der mich an ihn bindet. »Du bist sicher mit mir«, sagt er. Ich möchte ihm glauben. »Du musst vor nichts Angst haben, wenn ich bei dir bin.«

Ich glaube ihm.

Als ich ihn das erste Mal ohne Hemd sehe, sehe ich die Narben. Jeweils eine auf der Innenseite seiner Arme, eine auf dem Bauch; eine, geformt wie eine Augenbraue, über seiner linken Brustwarze. »Odessa. So ist Leben in Odessa. Immer Ärger, immer Streit. In Odessa, ich war als ein Tier.« Es ist nicht der Augenblick, um Präpositionen zu korrigieren, ich halte mich zurück. Er sagt etwas in Russisch, das sich zweifellos mit jeder gegen jeden, töten oder getötet werden übersetzen lässt.

Die längste Narbe befindet sich auf der Innenseite seines linken Arms zwischen Ellbogen und Handgelenk. »Ich war müde von allem.« Mehr sagt er nicht dazu.

Der älteste Mann, mit dem ich je ins Bett gegangen bin. Die Haut seines Körpers ist schön, fest und glatt, ein Jahrzehnt jünger als die Haut in seinem Gesicht. Eine langbeinige blauschwarze Spinne krabbelt an seinem Arm hinauf. Das Kruzifix baumelt mir immer wieder in den Mund.

Über seinen Körper: »Jetzt bin ich nichts. Aber als ich zwanzig war, war ich perfekter Mann. Ich war Sportsmann, sehr stark. Aber dann Drogen … Alkohol …«

Noch eine Frage, die ich mir oft stelle: Hätte ich alles über ihn gewusst, hätte ich widerstanden? (Anfänglich habe ich widerstanden. Ich erklärte ihm, dass es unangemessen ist, ihn außerhalb des Unterrichts zu treffen. Unmöglich. Vorschrift der Schule. Ganz zu schweigen davon, dass er verheiratet war. Unmöglich? Er wusste es besser. Wie? Er sagt, ihm sei nach seiner ersten Liebeserklärung – er schaffte es, in nahezu jeder Hausaufgabe eine Liebeserklärung unterzubringen – aufgefallen, dass ich im Unterricht Blickkontakt mit ihm vermied. Seine Interpretation: Sie mag mich auch. Es stimmte. Aber wenn ich alles über ihn gewusst hätte, hätte ich dann weiter widerstanden?)

»Ich war großer Drogennehmer in Odessa.«

Vokabellektion. Ich bringe ihm bei: *Süchtiger, Junkie, Spritze, Gewohnheit, einen Schuss setzen, high werden, Überdosis.*

Ungefähr ein Jahr bevor er nach Amerika kam, versuchte er es mit einer weitverbreiteten Kur zu Hause: Leg dich ein paar Wochen lang mit Schlaftabletten lahm. Es funktionierte, und es funktionierte nicht. Er konnte nicht widerstehen, sich ein paarmal einen Schuss zu setzen, bevor er Odessa verließ, und in New York ist es nur eine Frage der Zeit, bis der richtige (oder falsche, sollte ich sagen) Fahrgast ins Taxi steigt. So wie die Dinge liegen, erkennen sich die Leute sofort (so wie vermutlich auch wir uns erkannt haben). Sie fahren nach East Harlem. (»Dieses Zimmer. Es war sehr interessant für mich, es zu sehen. Weil es genauso war wie in Odessa. Leeres Zimmer, ein Tisch, Stuhl. Karten auf dem Tisch. Genau gleich. Drogennehmer sind überall gleich.«) Er besorgt sich ein Gramm Kokain und geht nach Hause, »um es zu kochen«. Er hat noch nie Koks genommen. Es ist nicht das High, das er sich erwartet, aber er bedauert es nicht. Angesichts meiner Angst zuckt er die Achseln. »Ich wollte nur amerikanische Drogen probieren, aber ich werde nicht wieder Gewohnheit kriegen. Ich muss jetzt hart arbeiten und Geld machen. Ich kann nicht an Drogen denken. Vielleicht später.«

Er erzählt mir Geschichten über die verrückten Sachen, die Süchtige, die er in Odessa kannte, ausprobierten. Man streiche ein bisschen Schuhcreme auf eine Scheibe Brot. Lasse sie für ein paar Stunden einziehen. Kratze den Dreck weg. Esse das Brot. Man ist bedröhnt. Schuhcreme und Insektizide kann man sich auch in die Kopfhaut massieren. Man rasiert sich eine kleine Stelle und zieht eine Plastiktüte über den Kopf, um die Wirkung zu beschleunigen. Vadim verachtet diese verzweifelten Aktionen. Drogen sollen Spaß machen, du sollst dich gut damit fühlen. Wie soll man sich gut fühlen, wenn man so etwas tut? Auch wenn er nicht genug Geld hatte, um sich Drogen zu kaufen, war es kein Problem, aufs Land zu fahren und Mohnkapseln zu stehlen; sie waren nicht schwer zu finden, wuchsen illegal zwischen praktisch hohen Reihen Mais. Es war riskant: Man konnte auf diesen Feldern erschossen werden. Aber auch East Harlem war ein riskantes Feld. Vadim kann damit umgehen. (»Wenn ich vor allem Angst haben muss, kann ich nicht leben.«)

Er findet einen anderen Dealer, näher bei sich zu Hause, durch einen Tankwart der Tankstelle, die er benutzt, und bald setzt er sich ein-, zweimal in der Woche einen Schuss: manchmal Koks, manchmal Heroin, oft beides. Er will nicht, dass seine Arme wie in Odessa mit verräterischen Spuren bedeckt sind, deswegen spritzt er in die Venen seiner Hände und Handgelenke. Eine Narbe auf seinem rechten Arm stammt von einer alten Infektion durch eine schmutzige Nadel. Jetzt achtet er sorgfältig darauf, dass seine Nadel sauber ist.

Und wie ich zumindest bislang feststellen kann, schaden die Drogen Vadim weniger als sein anderer Dämon.

Wie nicht wenige russische Männer kann er eine ganze Flasche Wodka schlucken. Die russische Art. Zwei Flaschen am Abend, kein Problem. Er war oft betrunken. Und wenn er betrunken war, war er oft gewalttätig. So viele Beinahe-Unfälle mit Messern und Autos – er hätte eine Katze sein können. Doch bevor er alle seine Leben aufbrauchen konnte, nahm seine Frau die Dinge in die Hand. Ausnahmsweise waren sich die beiden Feindinnen, Vadims Frau und Vadims Mutter, einmal einig. Bevor er nach Amerika ging, musste er clean werden. Den Drogenentzug machte er selbst, doch wegen des Alkohols schleiften sie ihn zum Arzt.

Das Erste, was dieser Arzt tat, war, ihn ein Papier unterschreiben lassen, das den Doktor von jeglicher Verantwortung entband. Dann musste Vadim den Mund öffnen, in den der Arzt etwas aus einer Spraydose sprühte. Vadim musste die Flüssigkeit ein paar Minuten im Mund behalten, bevor er sie schluckte. Kurz darauf wurde seine Haut glühend heiß, seine Temperatur stieg rasant, doch bald war sie wieder normal und er wieder er selbst. Das war's, sagte der Doktor. Sie können nach Hause gehen. Durch diese einfache Maßnahme war er geheilt worden. Sollte Vadim während der nächsten fünf Jahre erneut mit dem Trinken anfangen, würde er sterben.

Eine schwer zu glaubende Geschichte. Als Erstes möchte ich wissen, ob dieser Arzt von dem Selbstmordversuch wusste, den Vadim unternommen hatte. Bestimmt wussten seine Frau und seine Mutter davon? Vadim seinerseits kann kaum glauben, dass ich nie von dieser Art Behandlung gehört habe, die in seinem Land allseits bekannt ist. Manchen Leuten ist es lieber, dass ihnen eine Ampulle der Droge injiziert wird, doch Vadim lehnte diese Methode ab, die angeblich riskanter ist als das Spray. (Ich höre ihn zum ersten Mal von einem Risiko sprechen, das auf sich zu nehmen, er *nicht* für wert befand.)

Aber sterben Leute, die nach dieser Behandlung trinken, wirklich? Ich stehe der ganzen Sache skeptisch gegenüber. Vadim sagt, dass er von Leuten weiß, die getrunken haben und gestorben sind, aber er weiß auch von anderen, die getrunken und überlebt haben. Man konnte nie sicher sein. Ein weiteres russisches Roulette. Im Augenblick geht er auf Nummer sicher. Doch ist er geheilt? Auf mich wirkt er nicht so, zumindest nicht auf die Zwölf-Schritte-Weise, die wir verstehen würden. Hätte man mich gefragt, hätte ich gesagt, dass er nur darauf wartete, die fünf Jahre hinter sich zu bringen.

Seine Frau schreit oft, so laut sie kann: »Du bist nur ein nichtsnutziger Junkie!« Für ihren Mann ein weiterer Beweis für ihren Wahnsinn. »Warum sie will, dass alle Leute es wissen? In Russland schreit sie so, und in Russland, glaub mir, denken Leute sehr schlecht über Süchtige.« Ich warne ihn, dass auch die Leute in Brooklyn ihre Vorurteile haben. Vadims Frau trinkt nicht, raucht nicht und nimmt keine Drogen. Mehr als nur eine Spur Bedauern, als er das berichtet. Das Leben macht mehr Spaß, wenn andere unsere Laster teilen. »Willst du irgendwann Schuss mit mir setzen?«, fragt er und küsst mich. Und doch missfällt es ihm, als ich erwähne, dass ich am Vorabend in einer Bar zu viel getrunken habe. Nichts Schlimmeres als eine in der Öffentlichkeit betrunkene Frau, sagt er – oh, wie russisch. Es gefällt ihm auch nicht, wenn ich mir eine Zigarette anzünde. Selbstverständlich war das etwas, das er an seiner Frau liebte, als sie sich kennenlernten: ihr sauberes Leben. Die Sünder lassen sich immer von der Liebe zur Reinheit antreiben.

In seiner Brieftasche ist ein Foto. »Mutter, Vater und ich.« Mutter ist unscheinbar, Vater traumhaft gut aussehend. Und Vater ist es, der das Kind hält – ihr einziges Kind (das *seinen* Vater nicht enttäuschte, indem es ein Mädchen wurde) –, es zur Seite hält, so dass Mutter den Hals recken muss, um es zu sehen. Sie blicken beide hinunter auf ihren Sohn, der in einer dunklen, erstaunlich rau wirkenden Decke verborgen ist – sie sieht aus wie Sackleinen. Vollständig verborgen: keine kleine Faust ragt heraus, keine niedliche runde Babystirn.

Über seine Eltern kriege ich fast nichts aus ihm heraus. Über seinen Vater sagt er nur: »Mein Vater war nicht mein Vater, er war mein Freund.« Über seine Mutter: »Sie hat nur an mich gedacht.« Mit anderen Worten perfekte Eltern. Ich sage nicht, was ich denke, nämlich, dass du nicht zu einem Tier heranwächst, dass du kein Alkoholiker und Junkie wirst oder mit dreißig des Lebens so überdrüssig bist, dass du dir das Leben nehmen willst, wenn deine Eltern perfekt sind. Aber Vater und Mutter sind tot, und mich rührt Vadims Loyalität. (Und wenn das Niedermachen der Eltern nicht infrage kommt, gibt es immer noch die Partei. Für jede Härte seines Lebens macht Vadim die Kommunistische Partei verantwortlich.)

Im Zweiten Weltkrieg wurde sein Vater zweimal durch Granatfeuer verletzt – in diesem Krieg, der laut Vadim von den Russen gewonnen worden war mit nur ein bisschen amerikanischer Hilfe. (Aus Respekt vor den zwanzig Millionen russischen Toten halte ich den Mund.)

Alkohol war auch der Dämon seines Vaters, und wenn er noch eine weitere Sucht hatte, dann waren es Frauen. »Mein Vater war wie ich. Er hatte immer viele Frauen. Er konnte ohne sie nicht leben.« Ich will wissen, was seine Mutter davon hielt. Vadim sagt, dass er es nicht weiß. Aber waren deine Eltern glücklich?, hake ich nach. Er sagt, dass er sie nicht richten kann. Kein Urteil über sie fällen, meinst du. Ja, Entschuldigung, kein Urteil über sie fällen. Er lächelt. Du kannst mich immer verstehen.

Du kannst mich immer verstehen. Das sagt er ständig zu mir. Du kannst mich immer verstehen. Zärtlich. Dankbar. Sein Englisch mag gebrochen sein, aber bei mir ist er sicher. Dass ich es bin, die ihm Englisch beigebracht hat – unsere gemeinsame Sprache, und die Sprache des Überlebens in dem neuen Land –, vergisst er nie. Doch je näher ich ihm komme, umso stärker wird mein Wunsch, in seiner eigenen Sprache mit ihm zu sprechen und dass er es sein möge, der sie mir beibringt. Nicht machbar. Zwischen seinem Job und seiner Familie hat Vadim nie viel Zeit für mich, und wenn wir zusammen sind, schweigen wir die meiste Zeit. Wann sollten wir Russisch studieren? Immer hört man Leute sagen: »Ich habe Französisch in Cafés und auf der Straße gelernt.« »Ich habe Englisch im Bett gelernt.« Aber ich weiß nicht, wovon sie sprechen. Die einzige mir bekannte Möglichkeit, eine Sprache zu lernen, ist, sie zu studieren – konzentriert und methodisch.

Auch Vadim wünschte, ich spräche Russisch. Er hat Träume, in denen ich es fließend spreche, so wie ich früher in meinen eigenen Träumen Deutsch sprach. Man stelle sich vor, dass weder mein Vater noch meine Mutter mir seine oder ihre Muttersprache beibringen wollten. Das erscheint mir jetzt, als hätten sie mir auf schreckliche Weise etwas vorenthalten.

Liebe und Sprache. Die Immigranten sprechen von dem Schmerz, den sie empfinden, wenn ihre Kinder darauf bestehen, nur Englisch zu reden. Geringschätzung der Muttersprache: eine Plage unter den Kindern der Immigranten. »Wenn mein Sohn spricht Englisch mit mir«, sagt ein Mann aus Korea, »ist es Messer in mein Herz.«

In Vadims Viertel gibt es Jugendliche, Freunde seiner Tochter, die russische Eltern haben, in Brooklyn geboren wurden und so gut wie kein Russisch sprechen, während ihre Eltern so gut wie kein Englisch sprechen. Wie können sie einander verstehen? Doch ich kenne einen chinesisch-amerikanischen Mann, der aufwuchs, ohne Chinesisch zu lernen, obwohl es die einzige Sprache war, die seine Mutter beherrschte. *Irgendwie* hat sie ihn großgezogen.

Er ist schlau, mein Vadim. Er war mein bester Schüler. »Vadim ist polyglott«, sagte einer seiner Mitschüler. Doch es war nicht leicht für ihn, Englisch zu lernen. Er musste hart arbeiten. Er arbeitete härter als alle anderen.

Auch nach dem Unterricht, wenn die meisten einfach aufhörten, arbeitete er weiter. Er studierte sein Wörterbuch, wenn er in seinem Taxi am Flughafen wartete. Er übte mit seinen Fahrgästen, stellte ihnen Fragen, brachte sie dazu, ihm zu helfen. Bevor er abends einschläft, führt er imaginäre Dialoge mit mir. Zu Hause und fast überall in seiner Nachbarschaft wird natürlich nur Russisch gesprochen. Ich bin die einzige gebürtige Amerikanerin, die er kennt. »Du *bist* mein Amerika«, sagt er.

Jemandes Amerika – ich!

Ständig ärgert er sich über sein unzulängliches Englisch – oder ist es das Englisch, das unzureichend ist? Englisch erscheint ihm so viel schwächer und farbloser als Russisch. Wo immer der Fehler liegt, er weiß nur, dass er sich nicht adäquat ausdrücken kann. Wenn ich nur Russisch könnte! Ja, ich muss es lernen, und zwar schnell. Denn wie kann er beschreiben, was er für mich empfindet, wenn ich kein Russisch kann?

Er sagt: »Streichle mich, Geliebte.« Er sagt: »Ich sehr dich liebe.« Und: »Wenn du den Kopf auf meine Brust legst, läuft mein Herz davon.«

Wann immer ich sein Englisch lobe, sagt er: »Ich habe es für dich getan.« Natürlich nicht die ganze Wahrheit, aber man kann es nicht leugnen: Er hat hart für mich gelernt.

»Meine Liebe, kann ich sagen: ›Ich schwärme für dich‹? Ist das korrekt?« »Kann ich sagen: ›Ich bete dich an‹?« »Ich suche in meinem Wörterbuch nach Weisen, es dir zu sagen.«

Mein Herz läuft davon.

In all den Jahren hat mein Vater nie genügend Englisch gelernt, um mir zu sagen, was er für mich empfand.

*

Vater und Sohn hatten viel gemein. Auch der Vater arbeitete sein Leben lang im Hafen von Odessa, verrichtete
genau die gleichen Aufgaben, wie sie auch der Sohn er-
ledigen sollte, obwohl er nie in seinem Job stecken blieb
wie Vadim, der eine Jüdin geheiratet hatte. Vater und
Sohn tranken und rauchten viel, beide heirateten sehr
jung und hatten je ein Kind, und beide vögelten immerzu
herum. Wenn er sich eine Frau holte, brachte der Vater
gelegentlich auch eine für seinen Sohn mit, weswegen
Vadim vielleicht meinte, sein Vater sei nicht sein Vater,
sondern sein Freund gewesen.

Ich will etwas über die Frauen wissen, aber Vadim sagt,
dass es nichts über sie zu sagen gebe. »Ich erinnere mich
nicht an sie. Ich habe sie nicht geliebt. Es war Natur, dass
ich sie wollte, weil ich Mann bin, aber sie waren nicht
wichtig. Ich wollte nur eins von ihnen, und danach habe
ich gesagt: Verschwinde.«

Und keine Spur von Scham in diesen blauen Wolfs-
augen.

Täuschte ich mich, oder entdeckte ich eine Veränderung, ein leises Nachlassen der Leidenschaft, nachdem
wir ein Liebespaar geworden waren? Oft schien mir, dass
für Vadim die Aufregung vor allem in der Jagd bestand.
Ich wusste, dass er nicht nur prahlte, wenn er sagte: »Ich
wünschte, im Leben wäre alles so leicht für mich zu krie-

gen wie Frau.« Hatte er gedacht (gehofft), dass ich (die Amerikanerin, die Lehrerin) eine größere Herausforderung wäre? Anfänglich hatte seine Anspannung nahezu etwas Furchtsames für mich – in der Art und Weise, wie der geübte Verführer dich davon überzeugt, dass er schrecklich leiden würde, wenn du nicht nachgibst. *Nervös, hungrig* und *gequält* waren die Wörter, mit denen er sich beschrieb. Und: »Du musst dich bald entscheiden, weil ich es nicht aushalte, ich bin wie Hund in Käfig!« Kaum waren wir jedoch ein Liebespaar, schien all seine Angst von ihm abzufallen. Er wurde ruhig. Attraktiver als je zuvor, als er ruhig war, und ich war es, die nervös, hungrig und gequält wurde.

Ich will etwas über seine Frau wissen. Olga, das Ungeheuer. »Ich liebe sie nicht, und sie liebt mich nicht.« Ständig droht er, sie zu verlassen. Sie bittet ihn immer, zu bleiben. Warum, wenn sie ihn nicht liebt? »Weil sie ist wie Hund bei Ernte.« Was? »Ist russisches Sprichwort.« Irgendetwas ist in der Übersetzung verloren gegangen, aber ich verstehe. (»Du kannst mich immer verstehen!«): Eine Person, die etwas nicht haben will, aber auch nicht, dass es jemand anders hat.

Es war die Idee seiner Frau gewesen, nach Amerika zu gehen. Vadim, der sagt, dass er nie den Wunsch hatte, sein Heimatland zu verlassen, ergriff die Gelegenheit beim Schopf. Seine Frau weinte tagelang, als er zu ihr sagte, dass sie ohne ihn gehen sollte. Wie konnte sie ohne ihn gehen? Wie sollte sie in dem neuen Land ohne ihn ein Auskommen haben? Wer würde sie und ihre Mutter und ihre Tochter unterstützen? Das war die Aufgabe eines Mannes, erinnerte sie ihn. Da war ihr Sohn, der mitkommen würde, doch Wolodja, gerade erst Anfang zwanzig, hatte auch Frau und Kind. »Sie hatte recht. Sie wäre ohne mich verloren. Am Ende konnte ich nicht auf sie spucken.« Und jetzt sagt er: »Ich bin allein. Ich bin wirklich ganz allein in diesem Land.« Was meint er damit? Lebt er nicht bei seiner Familie? Lebt er nicht in Little Odessa, umgeben von anderen Russen? »Keine Russen«, sagt er. »Nur Juden.« Das Volk seiner Frau ist nicht sein Volk. »In Familie nur ich und meine Tochter sind Russen.« Was? Swetlana ist Russin, erklärt Vadim, weil sie einen russischen Vater hat. Aber für Olga ist Swetlana Jüdin. Er hat das russische Gesetz auf seiner Seite, sie hat das jüdische Gesetz auf ihrer. Aber die Gesetze sind nicht wichtig, sagt Vadim. »Man muss nur fünf Minuten zusammen sein mit meinem Mädchen, und man weiß, sie ist Russin.« Einfacher Test.

Sowohl Wolodjas Vater als auch Wolodjas Frau sind jüdisch.

Im Gegensatz zu Olga hatte Vadim keine Freunde oder Familie, die ihn hier willkommen hießen, und er denkt nur an die, die er zurückgelassen hat und nie wiedersehen wird. Noch etwas, das er seiner Frau vorwerfen kann. »Sie hat kein Heimweh. Sie leidet nicht. Nur ich.«

Wer hat recht, wenn es um Heimweh geht? Goethe, der es als nutzlos und morbid verfluchte? Oder Herder, für den es »der edelste aller Schmerzen« war? Ich weiß es nicht, aber ich habe immer vermutet, dass Olga ebenso um seinetwillen aus Odessa wegwollte wie um ihretwillen. Hatte er nicht selbst gesagt, dass er dort lebte wie ein

Tier, immer Ärger hatte, immer stritt? Vielleicht glaubte Olga, dass Amerika ihn zähmen könnte. Ein neues Land, ein neues Leben, eine zweite Chance für sie beide. Falls sie das gehofft hatte, sollte sie enttäuscht werden. Vadim erzählt, dass sie eines Abends nach Hause kam und ihn im Dunkeln dösend vorfand, und als sie das Licht einschaltete und seine blutunterlaufenen Augen sah, fasste sie sich mit beiden Händen an den Kopf und wich schreiend vor ihm zurück.

Vadim glaubt nicht, dass seine Frau an ihn denkt. Er behauptet, dass sie nie an ihn denkt, sondern nur an sich selbst. Und: »Sie behält mich nur, weil sie braucht Geld, und sie will nicht allein sein, ohne Mann.« Ich sage, was mir offensichtlich erscheint, aber Vadim rückt mir den Kopf zurecht. »Hier in Amerika kannst du vierzig sein und noch immer jung. Aber wir sind Russen und wir sind nicht jung. Meine Frau ist alte Frau, sie ist Großmutter. Sie findet keinen anderen Mann mehr.«

Olga liebt Amerika – oder zumindest *ihr* Amerika, das heißt Little Odessa. Natürlich nicht den Sozialbau, wo sich die Lage seit meiner Kindheit nur verschlechtert hat und immer noch alle davon reden, wegzuziehen. (Vielleicht stimmt es, dass viele Amerikaner den Traum, eines Tages ein eigenes Zuhause zu besitzen, aufgeben mussten, Immigranten jedoch klammern sich heftig daran fest.)

Olga ist begeistert von amerikanischen Geschäften. All die vielen unterschiedlichen Läden, nie ein Regal oder Fach leer – nicht zu vergleichen mit der alten Heimat. »Sie und meine Tochter, sie kaufen die ganze Zeit ein.«

Doch da sie es sich nicht leisten können, viel zu kaufen, schauen sie sich vor allem die Schaufenster an. Sie lieben es, anzusehen, anzufassen und zu träumen. Vadim findet es lächerlich. »Warum muss ich dafür nach Amerika?« In einer Sache sind sich er und seine Frau jedoch einig. Sie haben das Bestmögliche für ihre Tochter getan. »Hier kann sie aufs College gehen, sie kann alles werden. Sie kann alles haben, was sie will.« Vadim ist immer glücklich, wenn er von seiner Tochter spricht. Sein Vertrauen in ihre Zukunft ist unerschütterlich. Aber macht er sich nie Sorgen, dass er einen schlechten Einfluss auf sie hat? Die Idee amüsiert ihn nur. »Nein, glaub mir, eins weiß ich mit Sicherheit, meine Tochter wird nie Drogen nehmen. Weil sie hat gesehen, was mit mir ist passiert in Odessa, und sie ist nicht dumm. Meine Tochter wird nie Drogen anrühren.« Ein guter Grund, warum er vielleicht recht hat, ist sein Stiefsohn, der kaum trinkt, nie Drogen genommen hat und seiner Frau absolut treu ist. In mehr als einer Hinsicht ein vorbildlicher Vater. Doch später, nachdem ich mehr über Vadims Vergangenheit erfahren habe, werde ich es für nichts weniger als ein Wunder halten, dass seine Kinder keinen Schaden genommen haben. Aber ich glaube nicht, dass es Glück war. Ich glaube, es war Olga.

Vadim wird wütend, wenn er feststellt, dass alles Geld, das er verdient und seiner Frau ausgehändigt hat, weg ist. Er versucht zu sparen. Er will ein eigenes Taxi kaufen oder ein Geschäft, etwa einen Waschsalon, so bald wie möglich. »Ich muss an Zukunft denken. Ich will nicht für Rest des Lebens Taxi fahren.« Er erfährt von einer anderen Wohnung, die größer und in einem besseren Viertel ist und wenig Miete kostet. Die Leute, die jetzt dort wohnen, sind gewillt, den Mietvertrag für eine Gebühr von zehntausend Dollar weiterzugeben. Zu glauben, dass er so viel von seinem Verdienst sparen kann, erscheint mir unrealistisch. Doch er hat das leuchtende Beispiel des Mannes vor Augen, für den er jetzt arbeitet und der fünf Jahre lang Tag und Nacht Taxi gefahren ist und zehnmal mehr gespart hat. Ich hatte es vergessen. Die spektakulären Meisterleistungen, etwas zu bekommen und zu behalten, die Teil der Einwanderungsgeschichte sind. Es ist wirklich ein anderes Amerika. Ich versuche, an jemanden zu denken, den ich kenne und der Geld spart. Aber alle meine Freunde geben ihr Geld aus, sind immer pleite, die Kreditkarten werden bis ans Limit belastet, sie sind mit ihren Zahlungen in Verzug, unzufrieden mit ihrem Job und ihrem Gehalt und beklagen sich ständig. Natürlich hätten sie gern mehr Geld, doch sie würden nie Stunden über Stunden in einem niedrigen Job arbeiten, um es zu verdienen. Einhunderttausend Dollar. Ich glaube nicht, dass ich so viel in meinem ganzen Leben sparen könnte, ganz zu schweigen in fünf Jahren.

Wann immer wir telefonieren, hat Vadim sein Wörterbuch zur Hand. Eines Tages, als wir über seine Frau sprechen (wieder einmal hat er beschlossen, sie zu verlassen), sagt er: »Meine Frau ist sehr … sehr … warte.« Seiten rascheln. »Grob? Derb?« »Barsch«, schlage ich vor. »Ja, ja, harsch. Meine Frau ist sehr harsch. Das ist nicht gut für mich. Ich brauche eine Frau, die ist …« Raschel, raschel. Ich kann das Wort erraten, bevor er es findet. »Zärtlich.«

War Olga nie zärtlich? Gab es nie eine Zeit, als sie glücklich waren? Vadim erinnert sich. Bald nach ihrer Hochzeit nahm er einen Job an, der ihn in den Fernen Osten führte, nach Wladiwostok, und Olga kam mit. Wladiwostok. Einer dieser weit entfernten Orte mit einem schön klingenden Namen (Sansibar ist ein anderer), deren Existenz ich als Kind bezweifelte, zu der Zeit, als ich noch nicht wusste, wie klein die Welt tatsächlich ist. Wladiwostok. Sansibar. Pago Pago.

»Und die Zeit war wirklich nicht schlecht«, gibt Vadim zu. Aber das war vor achtzehn Jahren.

Er war noch ein Teenager, als er Olga kennenlernte. Und wollte er sofort heiraten? »Ja, natürlich. Das ist russische Art.« Und Olga, die bereits eine gescheiterte Ehe hinter sich hatte und ein Kind –

Ich kann sie vor mir sehen: der große junge lächelnde Matrose mit den blauen, blauen Augen und die hilflose hübsche junge Mutter.

Olga hat ihren ersten Mann angeblich nie geliebt. Sie hat ihn nur geheiratet, weil ihre Eltern, die mit seinen Eltern befreundet waren, sie dazu drängten.

Ich bitte Vadim um Fotos, und da wird ihm unbehaglich. Er hat Angst, dass ich Fotos will, weil ich vorhabe, ihn zu verlassen. Das ist scharfsinnig: Ich nehme mir ständig vor, mich von ihm zu trennen. (Einmal sagte er zu mir: »Ich weiß nicht, warum du mich liebst. Ich bin verheiratet, ich bin arm, ich trinke, ich nehme Drogen –«

Ich bin verrückt, fiel mir als Antwort ein. Doch ich hoffte, wieder vernünftig zu werden.)

Da ist er in Schwarz-Weiß, in Badehose, angespannt und ernst, vor einem Wettkampf. Er hatte nicht gelogen. Er war wirklich perfekt.

Mit den Fotos von seiner Tochter mache ich mir ein Bild von seiner Frau, weil Vadim gesagt hat, dass Swetlana das Gesicht ihrer Mutter hat. Und ich sehe tatsächlich nichts von ihm in dem hübschen runden Gesicht mit den dunklen runden Augen und dem dunklen fließenden Haar. Er hat sich also eine Frau gesucht, die auch physisch sein Gegenteil und nicht wirklich sein Typ ist. (Sehr früh hatte ich zu ihm gesagt: »Was willst du mit mir? Ich bin nicht dein Typ. Dir gefallen Blondinen mit großen Brüsten.« »Woher weißt du das?« Ungeheuchelte Überraschung. Dann: »Stimmt. Wenn meine Freunde in Odessa wissen, dass ich liebe eine Frau so klein, lachen sie über mich, sie glauben es nicht.«)

Doch es stellt sich heraus, dass Olga blond ist. Es geschah bald, nachdem sie sich kennengelernt hatten. Als sie herausfand, dass Vadim Blondinen mochte, begann sie, ihr Haar zu bleichen. Trotz all der Veränderungen, durch die ihre Ehe gegangen ist, bleicht sie ihr Haar noch immer – so wie er den Schnurrbart beibehalten hat, den er sich auf Olgas Bitte hin vor langer Zeit hat wachsen lassen.

Ich bin die erste Frau in Vadims Leben, die Tampons benutzt. »In Russland benutzen Frauen – *kak eto?*« Er ahmt das Auswringen eines nassen Lappens nach. Als er mit seiner Tochter zur Schuleinschreibung ging, erzählt er mir, erkundigte sich die Frau, die den Papierkram erledigte, nach Swetas Periode. Vadim musste für seine Tochter übersetzen, die sich in Grund und Boden schämte. »Russen sind sehr schüchtern«, sagt er.

»Wir haben keinen Sex, wir haben nur Kinder«, machen sich die Russen über sich selbst lustig. ES GIBT KEINEN SEX IN RUSSLAND, steht auf einem beliebten Button.

Vadim stellt klar. »Es gibt jede Menge Sex in Russland und jede Menge schmutzigen Sex, aber der ist nicht zu Hause.«

An einem langen Nachmittag im Bett bringen wir uns die schmutzigen Wörter bei.

In Russland sagen sie, dass Sex mit Kondom wie Küssen durch ein Taschentuch ist.

Betrügen ist bekannt als nach links abbiegen.

Die Sowjetunion: der schlimmste Albtraum für Abtreibungsgegner, die höchste Abtreibungsrate der Welt. In Krankenhäusern stehen sie Schlange für eine Abtreibung so wie beim Einkaufen von Milch oder Brot. Nicht ungewöhnlich für eine Frau, zehn oder mehr Abtreibungen zu haben. Vadim glaubt, dass seine Frau eher zwanzig hatte. Ich bin überrascht, dass er die genaue Zahl nicht kennt, aber dann erinnere ich mich: Ein Mann, der nicht dabei ist, wenn sein Kind auf die Welt kommt, zählt wahrscheinlich bei den Abtreibungen nicht mit. Und warum sind russische Männer nicht dabei, wenn ihre Frauen Kinder gebären? Vadim zuckt die Achseln. »Warum ich soll dabei sein? Das ist kein Ort für Mann.«

Zwanzig Abtreibungen. Keine Narkose.

Russische Frauen können alles. Russische Frauen sind Traktoren. Auch das sind verbreitete Redensweisen.

Wenn ich jetzt an Olga denke, sehe ich sie vor mir, wie Vadim sie einmal beschrieb: Die Hände am Kopf, weicht sie schreiend zurück.

»Russische Frauen müssen dir nicht leidtun.« Vadim versichert mir, dass das Verhältnis zwischen den Geschlechtern in Russland viel glücklicher ist als in Amerika. Er mit den Ansichten des eingewanderten Taxifahrers: »Hier alle Frauen verrückt und alle Männer schwul.«

Homosexualität war wie Pornographie in der Heimat verboten.

Wenn auch aus sonst keinem Grund ist Olga besser dran als ich, weil sie einen Mann hat. Vadim glaubt mir nicht, wenn ich sage, dass ich nicht heiraten will. »Was wirst du tun, wenn du alt bist? Ich denke an dich in zehn, zwanzig Jahren. Es wird schrecklich, schrecklich.« In Russland könnte mir kein schlimmeres Schicksal drohen. Nicht heiraten, eine alte Jungfer zu sein: die schlimmste Schande für eine Russin.

Jegliche Sympathie, die ich für Olga zum Ausdruck bringe, amüsiert Vadim. »Glaub mir, wenn sie von dir wüsste, sie würde dich umbringen«, sagt er, als er das Konditional endlich beherrscht.

Sie hegt bereits Verdacht. Vadims Haar wächst jetzt über seine Ohren, und obwohl er sonst peinlich auf seinen Haarschnitt achtet, schiebt er den Gang zum Friseur immer wieder hinaus. Und sie reagiert empfindlich auf seine Stimmungen. »Weswegen bist *du* so glück-

lich?« Sie steht vor ihm, die Hände in die Hüften gestemmt, starrt ihn wütend, argwöhnisch an. Ich kenne
diese Frau.

Doch der einzige solide Beweis ist das fehlende Geld.
Olga weiß, wie viel ihr Mann eigentlich nach Hause bringen sollte, und an manchen Tagen ist es deutlich weniger. Sie kauft ihm seine Geschichten über wenige Fahrgäste oder das kaputte Taxi nicht ab. Für das fehlende
Geld gibt es nur zwei Erklärungen: Drogen oder eine
Frau.

Eines Tages ruft er mich an, sofort nachdem sie die
Wohnung verlassen hat. Wir sprechen miteinander, er
blättert in seinem Wörterbuch, er hört nicht, wie sie sich
zurück in die Wohnung schleicht. Wir hören nicht, wie
sie das Telefon in der Küche abnimmt. Sie hält den Atem
an und hört zu. Kein Englisch, aber sie versteht. Als sie
es nicht länger erträgt, beginnt sie, auf Russisch zu
schreien. Ich höre sie durch beide Telefone, als würden
zwei Personen schreien. Ich will gerade auflegen, als sie
auf Englisch umschaltet – »Englischlehrerin, ha!« – und
in die Sprechmuschel spuckt.

Wenn jetzt das Telefon klingelt und der Anrufer auf-
legt, sagt Olga: »Es ist deine amerikanische Prostituierte!«

(Einmal ruft Vadim an, als ich nicht zu Hause bin, und
eine Freundin, die mich zufällig gerade besucht, nimmt
ab. »Hat nicht gesagt, wer er ist«, sagt sie. »Aber ich
schwöre, es war Graf Dracula.«)

Olga will nichts über mich wissen. Sie weiß schon alles. Wer immer ich bin, ich kann nur von der gleichen
miesen Sorte sein wie er. Gleich zu gleich. Wer sonst

würde ihn wollen? Abschaum zu Abschaum. Wir verdienen einander.

Als Vadim ihr gesteht, dass er verliebt ist, wird sie ohnmächtig.

Über eine Woche lang sehe ich ihn nicht. Später beschreibt er, wie Olga sich jetzt verhält. Sie weint, schreit,
übergibt sich, fällt in Ohnmacht. Legt sich ins Bett, ruft
ihre Mutter und Tochter. Bittet Swetlana, ihr zu helfen,
ihren Vater zur Vernunft zu bringen. Oh, wer wird sie
alle retten! Vadim weint ebenfalls, als er schildert, wie
seine Tochter an seinem Hals schluchzte, seine Schwiegermutter auf die Knie fiel. (Ein Mann, der bereitwillig
weint, ohne sich zu schämen – so jemanden kannte ich
bislang nicht. Wenn wir uns lieben, schnüren Tränen Vadim manchmal die Kehle zu.)

Er sagt: »Meine Liebe, verzeih mir, aber ich weiß nicht,
was ich tun kann.« Heißt das, dass er Olga letztlich doch
liebt? »Sie tut mir leid. Weil es stimmt, ohne mich wäre
sie in diesem Land verloren.« Und wie geht es Olga jetzt?
»Besser. Sie versucht sehr, sich zu ändern. Sie schreit nicht
mehr so viel, und sie ist ruhig. Jetzt versucht sie, alles sehr
nett für mich zu machen.«

Zum ersten Mal seit langer Zeit haben sie Sex. Zum
ersten Mal seit Jahren ist Olga zärtlich.

Ich ziehe mir einen Pfeil aus dem Herzen und zerbre-
che ihn über meinem Knie. »Ich kann auch schreien und
ohnmächtig werden.«

Ich bin außer mir, als er sich die Haare schneiden
lässt.

Er sagt: »Geliebte, du weißt, ich will nur bei dir sein,

aber ich kann nicht auf meine Familie spucken. Aber ich mache mir Sorgen wegen dir, was wird mit dir passieren, weil jetzt sehe ich, dass du gequält bist.« Und: »Meine Liebe, du weißt, dass ich dich liebe und immer lieben werde, aber manchmal denke ich, vielleicht besser, wir begegnen uns nie.«

Ich will dabei sein, wenn er das Konjunktiv II meistert.

Mitleid war ein wichtiges Wort für Vadim. Ständig tat ihm jemand leid. Nachdem wir uns geliebt hatten, sah er mich manchmal an mit einem Blick, in dem ich Mitleid zu entdecken glaubte. Oder mir vielmehr sicher war. Es war Mitleid. Aber warum hatte er Mitleid mit mir?

Er sagte oft: »Ich kann sehr hässlich sein.« (Aber nie als Warnung; er hat mir kein einziges Mal gedroht.)

Er gibt mir eine Telefonnummer. »Frag nach Sascha. Er kann kein Englisch, aber wenn du nur zu ihm sagst ›Ich brauche Vadim‹, wird er verstehen, er wird mich anrufen, und ich rufe dich an.« Ich nahm an, dass dieser Sascha ein Freund von Vadim war, und konnte es kaum glauben, als ich herausfand, dass er Olgas jüngerer Bruder war. Sorgte sich Vadim nicht, dass Sascha es Olga erzählen würde? Vadim sagt Nein, so etwas würde Sascha nie tun, »weil er Angst vor mir hat. Du hast es nicht gesehen, aber er hat es gesehen. Ich kann verrückt sein. Ich kann sehr hässlich sein.« Und ich erinnerte mich daran, was Vadim Saschas und Olgas Vater angetan hatte.

Es fiel mir immer schwer, mir vorzustellen, wie Vadim im Umgang mit seiner Frau sein musste. Eines Tages erzählt er mir eine Geschichte, die mir dabei hilft, sie als Paar und ihn mit ihren Augen zu sehen.

Er kam eines Abends nach Hause, und Olga wartete auf ihn. Sie war sehr aufgebracht. Früher am Tag hatte sie mitangesehen, wie ihr Sohn seinen kleinen Jungen schlug, und versucht, ihn davon abzuhalten. Sie erinnerte Wolodja daran, dass Vadim ihn als Kind nie geschlagen hatte. Doch statt sich zu schämen, wandte sich ihr Sohn gegen sie und beschimpfte sie. Sie zitterte noch, als sie Vadim die Geschichte erzählte. Wärst du zu Hause gewesen, wäre es nie passiert, sagte sie. Wolodja hätte ihr Enkelkind nie geschlagen und es nie gewagt, so mit seiner Mutter zu sprechen.

War Vadim ein guter Mensch? Ein schlechter Mensch? War er ein schlechter Ehemann? War er ein guter oder schlechter Vater?

In Odessa hatte Vadim einen Hund. Unter den Fotos, die er mir zeigt, ist eins von ihm mit dem Hund, ein Schäferhund mit breiter Brust und einem Maulkorb. Warum der Maulkorb? Ohne ihn, erklärt Vadim, war der Hund sehr gefährlich. Ich erzähle ihm die traurige Geschichte meines eigenen großen Hundes, den ich weggeben musste, weil er immer wieder andere Hunde angriff, und ich nicht stark genug war, um ihn zurückzuhalten. Vadim sagt, es lag daran, dass ich meinen Hund nicht richtig erzogen hatte. »Wenn sie jung sind, muss man sie jeden Tag schlagen.«

Jetzt habe ich einen Kater. Er ist alt und gemein. Ich warne Besucher davor, ihn anzufassen, aber manche ignorieren es und tragen schlimme Kratzer davon.

»Ich mag die Tiere, und sie mögen mich«, sagt Vadim und streichelt den Kater, der ihm auf den Schoß gesprungen ist.

Spräche ich dieselbe Sprache wie die Katze, würde ich ihr gern erzählen, was Vadim mir erzählt hat: Dass er in Odessa die Jungen ertränkt hat, wann immer seine Katze einen Wurf hatte. »Sie spüren nichts«, beharrt er. »Ich stecke sie in Socke und ertränke sie in Badewanne.«

Von den Lehrern in der Sprachschule wird gefordert, dass sie auch Unterrichtseinheiten zu Hygiene abhalten. Den Schülern wird erzählt, dass Amerikaner jeden Tag duschen und immer Deodorant benutzen. »*Dead*orant« buchstabiert einer meiner Schüler. Man stelle sich vor, das Gleiche in der UNO mit den Diplomaten zu tun, die aus den gleichen Ländern kommen wie unsere Schüler. Aber man geht davon aus, dass nur Migranten Lektionen in Körperpflege brauchen. Im Lehrerzimmer hört man oft Bemerkungen zum Geruch der Schüler. Ich will allen erzählen, dass Vadim nicht riecht. Er wäscht sich. Er ist sauber.

Aber – er wirft leere Zigarettenschachteln und anderen Abfall auf die Straße! Als ich protestiere, sagt er: »Jemand wird später aufheben. Das ist Arbeit für jemand.«

Mitternacht, und wir sitzen in seinem Taxi vor meinem Wohnblock. Vadim trinkt eine Coke. Als die Dose leer ist, wirft er sie aus dem Fenster. Sie prallt dreimal auf, rollt dann klappernd davon, das Geräusch hallt auf der leeren Straße wider. Ein paar meiner Nachbarn, die ihre Hunde ausführen, drehen sich stirnrunzelnd um. Vadim sieht es nicht. Ich versinke auf meinem Sitz.

Und ich will in den Boden versinken, als ich heraus-
finde, dass er seine Fahrgäste übers Ohr haut. Ausländer
sind natürlich die leichtesten Opfer. »Ich muss es tun«,
sagt er. »Ich muss mehr Geld machen. Ich muss es in diesem Land zu was bringen. Du würdest das Gleiche tun.«

Er lacht, als ich ihm erkläre, dass ihm die Leute mindestens fünfzehn Prozent Trinkgeld geben sollten. »Viele
Leute geben mir fünf Cent, zehn Cent.«

Ein Betrüger. Ein Umweltverschmutzer. Ein Kätz-
chenmörder.

Ich will ihn nicht verdammen. Ich will alles verstehen,
denke mir, je mehr ich verstehe, umso weniger schuldig
wird er sein. Der alte Trugschluss.

Wenn er jemanden auf Krücken oder eine ältere Person sieht, die mit dem Gehen Mühe hat, hält er an und
bietet ihm oder ihr an, sie umsonst zu fahren. Nur sehr
wenige akzeptieren. »Sie vertrauen mir nicht. Weil Amerikaner sich gegenseitig nicht vertrauen. Amerikaner helfen sich nicht. Russen sind anders. Russen haben eine
große Seele. Aber wenn sie nach Amerika kommen, verändern sich die Russen. Sie werden wie Amerikaner. Sie
wollen nicht helfen. Besonders den neuen Einwanderern
wollen sie nicht helfen.«

Er gibt jedem, der ihn darum bittet, Kleingeld oder
eine Zigarette.

Mir fallen Dinge ein – Dinge, die ich in dem großen
verzauberten Land der russischen Bücher gelernt habe.
Über russisches Mitleid und russische Grausamkeit und
russischen Fatalismus. Und die Dinge, die ich von meiner Mutter erfahren habe, über die russische Liebe zum

Land und Vergewaltigung durch Russen. (»Jede Frau in Berlin. Sogar alte Frauen und Kinder.«) Frauen und Männer, die bei Kriegsende vor der Roten Armee flohen. (Und würde sich all das zu meinen Lebzeiten wiederholen, wenn sie kämen, um uns zu begraben und die Welt zu übernehmen?)

Je mehr mir Vadim von seiner Vergangenheit erzählt, umso weniger will ich davon hören. Aber wie sonst soll ich ihn verstehen? Ich muss alles wissen.

In Odessa nahm er nicht nur Drogen, er verkaufte sie auch. Als ich höre, wie er über die Freunde spricht, die er zurückgelassen hat, dämmert mir dunkel, dass es sich nicht um irgendeinen Freundeskreis handelt, sondern um eine Bande. Dominiert von jemandem namens Juri. (»Mein bester Freund und ein wirklich guter Typ.«) Saß zwölf Jahre im Gefängnis, weil er in einer Messerstecherei einen Mann getötet hatte; er selbst getötet in einem Messerkampf nur Tage nach seiner Entlassung. (»Erstes Mal war wegen Frau, zweites Mal wegen Drogen.«)

»Das war Leben in Odessa.« Das Leben eines Banditen, eines Kleinkriminellen. Einbruch, Autodiebstahl, Banditentum. Vadim nimmt es leicht. »Wir waren sechs in Auto, wir halten Bus an, steigen ein, nehmen Geld von Leuten und fahren davon.«

Und wurde er nie geschnappt? Doch, aber dank eines guten Kontakts im KGB (ein alter Kriegskamerad seines Vaters) musste Vadim nie ins Gefängnis. (»So funktioniert es in Russland. Ein Anruf genug.«)

Wusste Olga davon? »Natürlich. Meine Frau weiß alles über mich.« Und wie hat sie reagiert? »Sie schreit wie immer. Und ich sage zu ihr: Bitte, lass mich in Ruhe jetzt, weil die Polizei hat meinen Körper zerbrochen.« Aber sie wollte trotzdem keine Scheidung.

Ein schlechter Mensch. Degeneriert. Unverbesserlich.

Meine Freundinnen wollen wissen, warum ich ihn weiterhin sehe. Ich, die ich nervös, furchtsam bin, Angst vor allem habe. Aber ich hatte nie Angst vor Vadim. Ich habe ihn nie »hässlich« erlebt. Diese Seite hat er mir nie gezeigt.

Ich will glauben, dass er ein guter Mensch ist, der von den Umständen verbogen wurde – wie jeder sonst, auch ich, es wäre. Ich will für alles die schlechten Karten verantwortlich machen, die ihm das Leben zugewiesen hat – die Armut, die mangelnde Bildung, die sowjetische Unwissenheit, zu viel Testosteron. Er hat seine Kinder nie geschlagen, rufe ich mir ins Gedächtnis. Er hat seine Frau nie geschlagen: Daran klammere ich mich.

Er steckt sein Schicksal als Opfer ohne Mühe weg. Als er ausgeraubt wurde, sagt er: »Das kann ich auch.« *Das kann er auch?* Mein Herz klopft. Heißt das, dass er Leute in seinem Taxi ausrauben will? Er lacht. »Nein, natürlich nicht in Taxi.« »Aber – du wirst Leute beklauen.« »Nein, keine Sorge, das werde ich nicht tun. Ich bin nicht dumm. Ich habe keine Green Card.« »Du brauchst eine Green Card, um Leute auszurauben.« Er lacht lauter. »Ich will nicht abgeschoben werden.«

Ich versuche es: Glaubt er nicht, dass die Männer, die ihn ausgeraubt haben, falsch handelten, und dass er falsch handelte, als er andere Leute bestahl, und dass die

Welt ein besserer Ort wäre, wenn wir einander so etwas nicht antun würden?

Doch Vadim hat seine eigene Version der goldenen Regel: Heute habe ich Pech. Morgen ist jemand anders an der Reihe, Pech zu haben.

Schamlos. Unbußfertig.

Als in zwei Wohnungen in meinem Gebäude eingebrochen wird, kommt mir zwangsläufig der Verdacht. Es ist nicht wahrscheinlich – es ist höchst unwahrscheinlich –, aber es könnte sein ...

Nachdem er in seinem Taxi ein zweites Mal ausgeraubt wird, besorgt er sich eine Waffe. »In Odessa reicht Messer, aber hier nicht.«

Ich studiere das Schwarze Brett im Lehrerzimmer. Englischlehrer werden in Japan, in der Türkei, in China und in der Sowjetunion gesucht.

Eine Frau, die ich kenne, ist schwanger. Eine andere Frau macht eine Babyparty für sie in einer Wohnung in der Upper West Side. Ich kenne die meisten Frauen, die eingeladen sind. Es sind Frauen, mit denen ich gearbeitet habe, Frauen, mit denen ich studiert habe. Freundinnen.

Eine Teeparty. Bestickte Tischwäsche, Großmutterporzellan, eine verzierte chinesische Teekanne wie ein Miniaturtempel. Sandwiches und Süßes. Feierlich und charmant. Niemand raucht.

Die Geschenke sind alle geöffnet, bewundert und zur Seite gelegt worden. Der Nachmittag ist fast vorbei. Die meisten Gäste sind aufgebrochen, und bei denen, die noch da sind, stehe ich im Mittelpunkt der Aufmerksamkeit, mir ist heiß im Sonnenschein, der durch das Fenster hinter meinem Stuhl fällt. Es sind Frauen, die mir nahestehen, gute Frauen, Freundinnen, Frauen, die etwas durchgemacht haben, die wissen, wie es ist, Probleme mit einem Mann zu haben, kein Land mehr zu sehen, einen Mann zu sehr zu lieben, jenseits aller Vernunft und ohne dass etwas Gutes für einen selbst dabei herauskommen könnte. Keine von ihnen hat Vadim kennengelernt, aber ich habe ihnen Fotos gezeigt und viel von ihm erzählt.

Sie sagen: Warum siehst du ihn immer noch? Ist es die Gefahr? Ist es das Abenteuer, das Risiko, das du attraktiv findest? Ist es der Sex?

»Ist es sein Geruch?«, fragt die Frau, die schwanger ist (die Frau mit dem Hemd ihres Ex-Liebhabers in der Plastiktüte am Grund der Schublade).

»Weil er Ausländer ist, stimmt's? Weil er Russe ist. Es ist sein Akzent.«

»Wenn er Amerikaner wäre – sagen wir ein amerikanischer Hafenarbeiter –, würdest du ihn nicht zweimal ansehen.«

Wenn er ein amerikanischer Hafenarbeiter wäre, würde er anders sprechen, das stimmt, und ich wäre abgestoßen. Ich versuche, mir einen amerikanischen Hafenarbeiter vorzustellen, der Shakespeare zitiert, so wie Vadim Puschkin zitiert.

Sein Akzent, sein gebrochenes Englisch, sein allmähliches Meistern der Sprache – all das war sicherlich wichtig für mich. Es war die Sprache, die uns als Erstes zusammenbrachte, und es rührt mich immer, ihn sprechen zu hören. Ich würde es vermissen, seine Fortschritte zu verfolgen, dabei zu sein, wenn er nicht mehr stammelt und nach Wörtern sucht, wenn er alles in Englisch sagen kann, was er sagen will. Für mich ist das eine ernste Sache. Ich bin schockiert, als ich einen Mann treffe, der erzählt, dass er eine Italienerin heiraten will, jedoch nicht die Absicht hat, Italienisch zu lernen. Was für eine Art Liebe ist das? Letztlich entscheide ich mich dagegen, einen Russischkurs zu belegen, weil ich weiß, was es bedeuten würde. Ich habe keinen Grund, Russisch zu lernen. Ich muss mich von Vadim trennen.

»Ist es, weil er kriminell ist? Sind es die Härte und die Gewalt, die dich erregen?«

Aber ich habe bei Vadim nie Härte oder Gewalt erlebt. Ein Klischee: Es sind oft die gewalttätigen Männer, die sich im Bett als die zärtlichsten erweisen. Dennoch war es das Letzte, das ich von ihm erwartet hatte: diese wollüstige Zärtlichkeit. Eine andere Frage: Wenn es nur ums Vergnügen ging, warum taten wir dann so, als wäre es die ernsthafteste Sache der Welt? Für ihn war es allerdings nicht das Gleiche. Er ging nie so weit, er war nie so nackt wie ich. Mir schien, als bliebe bei ihm immer eine letzte Haut – hauchdünn, aber intakt. In diesem Augenblick der vollständigen Entblößung, wenn man das Gefühl hat, dass nicht nur die Kleider, sondern auch die Haut ausgezogen ist, ist die größte Angst, dass der andere – der Verantwortliche, der dich an diesen Punkt gebracht hat – wegschauen wird. Vadim schaute nicht weg. Stattdessen sah er mich genauer an als je zuvor. Und da habe ich gesehen, dass er Mitleid mit mir hatte.

»Aber fühlst du dich nie, na ja – erniedrigt? Ekelst du dich nicht vor dir selbst?«

Nein. Das nie.

»Aber was soll daraus werden? Auch wenn er ungebunden wäre. Was willst du tun, einen Taxifahrer heiraten?«

Die Annahme, dass ich, dass wir alle etwas Besseres sind als Vadim, darf nicht infrage gestellt werden.

»Und vergiss nicht, er ist *nicht* ungebunden. Was ist mit seiner Frau? Denk nur daran, was er ihr antut, und was du ihr antust. Frauen sollten sich gegenseitig nicht so behandeln.«

»Das ist nicht fair, das ist nicht fair.« (Mehrere Stimmen gleichzeitig.) »Das ist die alte Doppelmoral. Frauen sollen einen höheren moralischen Kodex haben.« »Nicht fair.« »Derselbe alte Schwachsinn.«

Es gibt Tage, da geht mir Olga nicht aus dem Kopf. Ich weiß, dass Vadim ihr immer untreu war, und dass sie immer darunter gelitten hat. Aber mir scheint, dass man nur zwei Minuten mit Vadim verbringen musste, um zu begreifen, was für eine Art Mann er war. Man musste nur in diese Augen blicken, um zu wissen, dass er einer Frau nie treu sein würde. Hatte Olga das nicht auch verstanden? Sie musste einst voller Liebe gewesen sein, Olga. Voller Hoffnung.

Sie rauft sich das gebleichte blonde Haar, weicht zurück, schreit.

(»Meine Frau sagt, mein Penis ist zu klein. Sag mir: Stimmt das?«)

»He, hörst du zu? Wir sprechen mit dir. Wir haben

Angst um dich. Der Kerl ist ein Junkie. Ein Krimineller. Mit einer Waffe.«

»Wie niederträchtig muss er sein? Was muss er tun, damit du zur Vernunft kommst?«

»Warum lassen sie solche Leute überhaupt ins Land? Haben wir nicht schon genug Kriminelle?«

»Er wird sich zwangsläufig Ärger einhandeln. Männer wie er ändern sich nicht.«

Vadim sagt, dass er sich bereits geändert hat. »Ich bin nicht mehr jung. Ich bin nicht aus auf Ärger.« Ja, er mag es immer noch, hin und wieder high zu sein, es hilft ihm, zu entspannen, aber er will nicht wieder süchtig werden, und er wird es nicht werden. Er glaubt, dass er, wenn er hart genug arbeitet und genügend Geld spart, in der Lage sein wird, »etwas aus mir zu machen in diesem Land«. Er sagt: »Ich verspreche dir, ich werde nicht für den Rest meines Lebens Taxi fahren.« Er sagt: »Ich will mit meinem Kopf arbeiten.« Aber was, wenn es ihm nicht schnell genug gelingt? Wird er die Kraft haben, weiter zu kämpfen, oder wird es ihn überwältigen? Es wäre die alte Geschichte, nicht wahr: Frustration – Rückfall – Drogen – Kriminalität. Und wenn er erwischt wird, und wenn er verhaftet wird? Hier wird ihm kein Mann vom KGB helfen. Ich will nicht dabei sein –

»Bist du verliebt in ihn?«

Nein. Ich bin nicht verliebt in Vadim. Er hat einen Schlüssel, das stimmt. Aber es ist nicht der Schlüssel zu meinem Herzen. Er hat ein paar Antworten für mich – das kann ich sagen, ohne zu wissen, wie die Fragen lauten. Wie kann das sein, wenn er nichts über mich weiß?

Ich spreche mit ihm nie über mich, und er stellt nie Fragen. Er ist nicht neugierig auf mein Leben, meinen Hintergrund oder meine Familie oder wie ich die Tage verbringe. Er ist überhaupt nicht neugierig auf mich. Schließlich bin ich nur eine Frau; Fakten zu meiner Person können nicht besonders wichtig sein. (Man erinnere sich daran, was unter den »Körpermaßen« einer Frau verstanden wurde.) Doch wenn er spricht, höre ich gebannt zu, ich hänge an seinen Lippen, als würde er mit dem nächsten Wort die Weisheit oder das Wissen über mich selbst aussprechen, das er in sich trägt, davon bin ich überzeugt.

Alle glauben, dass er mir etwas vormacht, dass er ein Bösewicht ist und ich sein Opfer bin. Wenn das stimmt, warum sind dann meine Gefühle für ihn nie getrübt? Warum fühle ich mich im Gegenteil Vadim gegenüber schuldig?

Ich denke oft an Swetlana. Ich stelle sie mir in der viel zu kleinen Wohnung vor, in der Küche, die nach Kohl und Zwiebeln riecht – der Geruch, der von den Seiten so vieler russischer Bücher aufsteigt –, wie sie am Küchentisch ihre Hausaufgaben macht. Im Nebenzimmer streiten ihre Mutter und ihr Vater. Oh, die Dinge, die sie sich gegenseitig an den Kopf werfen! Sie wird sich nie daran gewöhnen, wie oft sie sie auch hört. Zum hundertsten Mal schwört sie sich, dass sie nie heiraten wird. Mit fünfzehn sieht sie schon aus wie eine Frau und kann sich die Jungs aussuchen, was ihrem Vater Angst macht. Sie kennt ihre Macht, und sie wird sie einsetzen, sie wird so viele Männer haben, wie sie will. Aber sie wird nie heiraten.

Manchmal hört sie, wie sie ihren Namen schreien, sie hört ihre Eltern streiten wegen ihr, ob sie Russin oder Jüdin ist, *seine* Tochter oder *ihre* Tochter – und manchmal steht sie vom Tisch auf und geht zu ihnen und sagt, dass sie aufhören sollen, sie erträgt es nicht mehr. Sie, die so stolz ist, die nur selten weint, kann die Tränen nicht mehr zurückhalten, als sie sie anfleht. Sie liebt sie beide, und sie ist die beste Freundin von beiden. Vertraute, Vermittlerin, Friedensstifterin – sie kennt alle diese Rollen. Olga vertraut Sweta die Probleme in der Ehe an und zählt auf ihre Tochter, sich bei Vadim in vielen Dingen für sie einzusetzen. Und Olga hat Vadim gedroht: Verlass mich, und du wirst deine Tochter nie wiedersehen. Aber Sweta ist auch die Vertraute ihres Vaters, der er sein Herz ausschüttet, der er von mir erzählt hat in dem Vertrauen, dass sie kein Wort weitersagt, und das tut sie natürlich auch nicht. Sie würde alles tun, damit ihre Eltern zusammenbleiben. Sie hat ihrem Vater versprochen, dass er sie nicht verlieren wird, gleichgültig, was passiert.

Aber nur selten lässt Sweta zu, dass etwas ihre Hausaufgaben unterbricht. Sie lernt viel für die Schule, und sie weiß, worauf sie hinarbeitet: Noten, die ihr ein Stipendium ermöglichen und sie hier rausbringen. Wenn nötig, hält sie sich die Ohren mit den Fingern zu. Aber manchmal meint sie, dass sie die Flüche und Schreie damit nur tiefer und tiefer in ihren Schädel treibt. Tief drinnen werden sie für den Rest ihres Lebens widerhallen.

Ich weiß es.

*

Es sind die ersten kühlen klaren Tage im Herbst. Vadim und ich sehen uns noch, so wie wir uns immer gesehen haben. An Tagen, wenn er »Glück« hat – das heißt, viele Fahrgäste –, ruft er mich von einer Telefonzelle aus an und fragt, ob er mich besuchen kann. Wenn ich zu Hause bin, sage ich immer Ja. Wir lieben uns sofort, kaum ist er angekommen, und ich komme jedes Mal. Später unterhalten wir uns. Manchmal biete ich ihm etwas zu essen an, aber er nimmt nie an. Er sagt, er habe keinen Hunger, aber ich glaube, dass er meinen Kochkünsten nicht vertraut. Mein Mangel an häuslichem Geschick ist stets eine Quelle der Verwunderung und der Belustigung für ihn. Er kann nicht glauben, was für eine Unordnung manchmal in meiner Wohnung herrscht. Ich muss arbeiten, sage ich. Ich habe keine Zeit zum Putzen. »Nein«, sagt er. »Du bist faul. Russische Frauen arbeiten, kochen, putzen und kümmern sich um Kinder – alles.« Russische Frauen machen alles, und Männer (so das Sprichwort) machen den Rest.

An Tagen, an denen er kein Glück und nicht viel Zeit hat, treffe ich ihn manchmal unten auf der Straße, und wir gehen ein Stück oder ich setze mich für eine Weile zu ihm, und wir rauchen und unterhalten uns. Wenn ich von der Arbeit nach Hause komme, sitzt er manchmal in seinem Taxi vor meinem Haus. Der Abend, an dem ich mich von ihm verabschiedete, war einer dieser Herbstabende, die so sanft und frisch sind, dass sie ein Abend im Frühling sein könnten. Die Sonne ist gerade untergegangen, und der Himmel ist so zartrosa wie die Brust eines Rotkehlchens. Auf den Straßen drängen sich die

Leute, die von der Arbeit nach Hause gehen. Mein eigener Arbeitstag war lang und hart, und das sieht man mir an. Vadim bemerkt sofort, wie müde ich bin, als ich mich auf den Beifahrersitz setze. Wir küssen uns. Er küsst mich immer auf eine gierige Weise, als wollte er einen Teil meiner Seele aus mir heraussaugen. Wie üblich ist er gut gelaunt, obwohl auch er müde ist und Kopfschmerzen hat: Ich sehe es seinen Augen an. Er trinkt ein Soda. Er trägt eine Jeans und denselben schwarzen Pullover, den er auch an dem Tag trug, als ich ihn zum ersten Mal sah, die Jeans und den Pullover, die er jeden Tag im Unterricht trug. Wie alle meine Schüler: dieselben Kleider, tagein, tagaus. Seine Lederjacke liegt zwischen uns; dort versteckt er normalerweise seine Waffe, unter der Jacke, doch wenn ich einsteige, schiebt er sie unter seinen Sitz.

Ich habe Aspirin in der Tasche und biete es ihm an, aber er nimmt es nicht. (Ein Mann darf einer Frau nie sagen, dass er Schmerzen hat, hat er einmal gesagt. Unritterlich vermutlich.) Aber du solltest wirklich eine nehmen, sage ich. Und wir lachen und erinnern uns an eine alte Übung im Unterricht. »Wenn du Kopfschmerzen hast«, sagte ein Schüler, »solltest du den Doktor hervorrufen.«

»Ich muss dir unbedingt erzählen, was ich heute gesehen habe.« Vadim ist immer voller Geschichten. Aus seinem Taxi sieht er die unglaublichsten Dinge. Eighth Avenue: Eine Frau, benommen von Drogen, sieht auf sie zufahrenden Autos entgegen, einen Fuß auf einen Hydranten gestützt, den Rock bis zur Hüfte hochgezogen und »ohne was darunter: man konnte – alles sehen«.

Ich bringe ihm das Wort *Nutte* bei. So begann unser letztes Gespräch. Auch in Odessa gab es jede Menge Nutten, erzählt Vadim, und manchmal stiegen er und Juri ins Auto, fuhren los und holten sich eine ins Auto, und sie musste sie befriedigen. Er benutzte diese Worte: *musste sie befriedigen.*

Verwirrung. Konnten Nutten in Odessa so anders sein als im Rest der Welt? »Ich verstehe nicht. Was meinst du, *musste*?«

Vadim blickt verständnislos drein, als läge die Bedeutung auf der Hand. »Sie musste, weil – weil sie braucht diese Ecke. Dort arbeitet sie, verdient Geld.«

»Darum geht es.« Meine Stimme ist schrill. Meine Haarwurzeln prickeln. Eine Abscheulichkeit droht. »Warum musstet ihr sie nicht bezahlen?«

Vadims Gesichtsausdruck ist mir vertraut. Er hat Angst, dass wieder einmal sein Englisch das Problem ist, dass er sich wieder einmal nicht verständlich machen kann. Ich habe diese verunsicherte Miene tausend Mal gesehen. Als er erneut spricht, klingt seine Stimme dumpf und undeutlich in meinen Ohren, wie die Stimme von einer alten Aufnahme. »Weil ich« – er murmelt etwas auf Russisch, sucht nach dem Wort – »schlage?«

Was will er sagen? Dass er sie geschlagen hat? Weil er sie tatsächlich geschlagen hat? Weil er sie geschlagen hätte? Wie viel hängt von einem Hilfsverb ab? »Du hast sie geschlagen.«

»Nein, nein. Ich habe sie nicht geschlagen. Ich muss nicht schlagen, weil sie ist nicht dumm, glaub mir. Aber sie *glaubt*, dass ich schlage – ach, Entschuldigung. Mein

Englisch!« Er deutet bedauernd auf sich selbst. »Verstehst du?«

Ich nicke, ja, und er grinst, entblößt alle Zähne. »Du kannst mich immer verstehen.«

Ich habe die Augen geschlossen. Ich kann sein Gesicht nicht sehen, aber ich weiß, dass er wieder ängstlich drein- blickt. Er legt die Hand auf meine Wange. »Geliebte, du bist blass.« Er küsst mich erneut, und ich kneife die Au- gen zusammen und denke: Ertrinken muss sich so an- fühlen.

Er sagt: »Du musst jetzt gehen und ausruhen, und ich muss arbeiten.«

Aber ich kann wieder atmen und habe noch eine Frage. »Vadim, diese Mädchen – Frauen – die Nutten. Wurden sie nicht – beschützt?« Vadim scheint erstaunt, und ich versuche es weiter: »War da nicht jemand – normaler- weise ist da jemand – ein Mann – der – «

»Ah!« Seine Stirn glättet sich, und er schlägt sich auf den Oberschenkel, als würde er endlich verstehen, warum ich so langsam von Begriff war. »Ja, natürlich«, sagt er. »Du hast mich nicht richtig verstanden. *Ich* habe sie beschützt.«

Er blickt auf die Uhr, flucht auf Russisch. »Meine Liebe, tut mir leid. Du weißt, dass ich hier für immer bei dir bleiben will, aber ich muss los. Ich muss Geld verdie- nen. Heute war großes Pech.«

Ein Polizeiwagen rast vorbei, die Sirene durchschnei- det die Dämmerung. Vadim zuckt zusammen und drückt sich mit den Fingerspitzen gegen die Schläfen. Zer- knirscht sagt er: »Vielleicht hast du recht, meine Liebe. Bitte gib mir Aspirin.«

Ich nehme das Fläschchen aus der Tasche und schüttle zwei Tabletten heraus. Ich halte ihm die Hand hin, schlucke und blinzle Tränen zurück, als er den großen Kopf darüberneigt und sie aus meiner Handfläche isst. Er schluckt die Aspirin mit dem Rest des Sodas und wirft die Dose aus dem Fenster. Klapper-klapper-klapper-klapper. In diesem hohlen blechernen Geräusch höre ich ein Kichern.

Ich steige aus, und Vadim legt den halben Block bis zur Ampel in einem Atemzug zurück, treibt unachtsame Fußgänger mit der Hupe aus dem Weg.

Die Sodadose ist unter ein geparktes Auto gerollt. Ich muss auf die Knie gehen, um sie hervorzuholen. Vadim, der an der Ampel hält, muss mich in seinem Rückspiegel sehen. Ich stelle mir vor, wie ich für ihn aussehen muss; ich stelle mir vor, dass er grinst und den Kopf schüttelt. Die Ampel schaltet um, und er fährt davon. Ich stehe da, die leere Dose in der Hand, und sehe ihm nach, wie er davonrast, aus meinem Leben fährt, ohne es zu wissen – so wie er nie wirklich etwas über mich gewusst hat.

In dieser Nacht weinte ich im Bett und stellte mir vor, dass er – wer sonst, wenn nicht er? – mich tröstete. »So ist Leben in Odessa.« So ist Leben überall.

Er ließ mich ruhig gehen, akzeptierte meine Geschichte, dass ich die Stadt für ein paar Wochen verlassen musste und ihn anrufen würde, wenn ich wieder zurück wäre. Und als ich nie anrief, lief er mir nicht nach. »Ist besser so«, hörte ich ihn zu sich selbst sagen. (Als würde er mit sich gebrochenes Englisch sprechen.)

Wie niederträchtig musste er sein? Was musste er tun? Ich habe das Ende dieser Geschichte nie jemandem erzählt.

Eines Tages Monate später funktionierte mein Anrufbeantworter nicht richtig und spielte alte Nachrichten ab, die ich glaubte, längst gelöscht zu haben. »Ich weiß jetzt, was *actually* heißt!«

Und noch lange Zeit danach schaute ich auf der Straße vorbeifahrende Taxis so genau und forschend an, dass manche Fahrer verlangsamten und hielten, weil sie glaubten, ich wollte mitfahren.

*

Man sagt, dass das, was man am meisten fürchtet, eintrifft, doch ich redete mir ein, dass es zu unwahrscheinlich war, es würde nie passieren, nicht in hundert Jahren. Doch es vergingen nur zwei Jahre, bis es passierte.

Schlechtes Wetter, später Feierabend, Freunde warteten in einer Bar – ich trat auf die Straße und hob den Arm.

Er fuhr so schnell heran, schoss diagonal zum Lärm von Hupen und Bremsen über die Sixth Avenue, dass ich zurück auf den Gehweg sprang.

»Hallo, meine Lehrerin!«

Als ich mich auf den Beifahrersitz setzte und mein Erstaunen zum Ausdruck brachte, entgegnete er, dass es wirklich keinen Grund gab, erstaunt zu sein: »Ich bin viele Mal am Tag in dieser Gegend.«

213

Er sah gut aus. Er hatte zugenommen. Weniger dünn sah er gesünder aus, und er hatte einen anständigen Haarschnitt.

Eine Spur gekränkt, als ich mich anschnallte. »Glaubst du, ich kann nicht fahren?«

Während der Fahrt hörte er nicht auf zu rauchen und zu reden. Er war in die neue Wohnung gezogen, wie er es gewollt hatte. Er hatte sich das Geld, um den Mietvertrag zu kaufen, vom Bruder seiner Frau geliehen und das meiste bereits zurückgezahlt. »Wenn du sehen könntest, wie ich vorher gewohnt habe«, sagte er, »und wie ich jetzt wohne, wüsstest du, dass es mir wirklich gut geht.« Nur er, seine Frau und seine Tochter waren in die neue Wohnung gezogen. Darüber freute er sich besonders.

Er arbeitete jetzt sechs Tage die Woche, verdiente etwas über zweihundert Dollar am Tag. Nachdem er für Benzin und fünfundsiebzig Dollar an den Besitzer des Taxis gezahlt hatte, blieben ihm noch ungefähr hundert Dollar. Seine Frau arbeitete auch, kümmerte sich an ein paar Morgen in der Woche für sechs Dollar die Stunde um einen kranken alten Mann. Das Verhältnis zwischen ihm und Olga war unverändert. »Sie wird sich nie ändern«, sagt er. Aber er lächelt dabei. (Wie ein Hund auf dem Heuhaufen, nicht bei der Ernte, lautet die Redeweise, wie ich erfahren habe. Wie ein Neidhammel.)

Ich erkundige mich nach seiner Tochter.

»Sie wird an die NYU gehen. Das ist eine sehr gute Universität.« (Vielleicht hatte ich noch nie von ihr gehört.) »Sie sagt, sie will Anwältin werden, aber sie ist noch jung. Wir werden sehen. Und sie hat einen Freund, ein sehr netter Junge – Amerikaner.« Er zuckt die Achseln. »Aber sie nimmt die Jungs nicht sehr ernst, meine Tochter. Sie denkt nur an die Uni. Russische Mädchen heiraten jung und kriegen gleich Kinder. Als ich hier ankam, habe ich gedacht, Amerikaner sind verrückt, weil sie es nicht genauso machen. Aber jetzt sehe ich, dass die amerikanische Art viel besser ist. Ich bin froh für meine Tochter. Sie wird glücklicher sein.

Ich mag ihren Freund. Aber vor ihm hatte sie einen anderen Freund, und den mochte ich nicht. Er war ein sehr schlechter Mensch. Einmal habe ich ihn aus der Wohnung geworfen. Und die Treppe hinunter. Das war was, glaub mir, weil ich im siebzehnten Stock wohne.« (Zähne.) »Aber meine Tochter macht sich wirklich sehr gut. Und ihr Englisch!« Er verdreht bewundernd die Augen, und wir rollen bei Rot über die Straße. Ich bewundere, dass Vadim, obwohl sein Akzent so stark ist wie früher, bislang noch keinen Fehler gemacht hat.

Ich frage nach den Drogen. Setzt er sich noch manchmal einen Schuss? Er blickt angesichts der Frage nahezu überrascht drein. »Das tue ich nicht mehr – schon lange nicht mehr. Dafür bin ich zu alt, und außerdem ist es sehr gefährlich hier. Ich traue den Drogen nicht, die sie hier verkaufen. Ich traue Schwarzen nicht. Und man muss sich wegen Aids Sorgen machen. Was für ein Land. In Russland gibt es kein Aids«, informiert er mich falsch. Ich will ihm widersprechen, aber er insistiert: »In Odessa habe ich nie davon gehört.« Noch eine rote Ampel.

Wir sind fast angekommen, als er fragt: »Und du, meine Liebe? Ich denke oft an dich.«

In den zwei Jahren hat sich viel in meinem Leben verändert. Ich lebe nicht mehr in derselben Wohnung, ich habe einen anderen Job, und ich habe einen neuen (amerikanischen) Freund. Aber wir sind da, meine Freunde warten, und ich weiß, dass sich Vadim nicht wirklich dafür interessiert. Ich erwähne nur, dass ich nach China gehen werde.

»China?« Er ist nicht beeindruckt. »Warum willst du da hin?«

Ich erkläre, dass ich eine Stelle angenommen habe. Ich werde Englisch in Shanghai unterrichten. »Ich habe Freunde, die es getan haben. Sie sagen, es ist hart, aber faszinierend.«

Vadim blickt zweifelnd drein. »Vielleicht. Aber ich mag die Chinesen nicht.«

Ich habe es ihm nie gesagt. Er hat nie gefragt. Ich sage es ihm jetzt.

Er hat das Taxi angehalten, und wir sitzen einander zugewandt da. Als ich einstieg, ist mir sofort aufgefallen, dass keine Jacke auf dem Vordersitz liegt. Ich weiß nicht, wo die Waffe ist, aber mir ist bewusst, dass ich während der ganzen Fahrt dagesessen habe, als würde sie zwischen uns liegen.

»Wirklich?«, sagt Vadim, doch er wirkt nicht sehr überrascht. So war Vadim: Nichts im Leben schien ihn zu überraschen.

»Das wusste ich nicht«, sagt er. »Ich habe es nicht gesehen.« Er legt den Kopf schräg, kneift die Augen zusammen und versucht, es jetzt zu sehen. »Und Mutter?« Als ich es ihm sage, nickt er und sagt: »Wenn zwei aus verschiedenen Völkern heiraten, wird die Tochter hübsch. So ist es auch mit meinem Mädchen. Aber das ist das einzig Gute an so einer Ehe, glaub mir.«

Er legt den Kopf auf die andere Seite und sagt: »Warum bist du vor mir davongelaufen?« Und bevor ich sprechen kann, antwortet er für mich. »Du hast Angst gehabt. Aber warum?« Jetzt mehr als nur eine Spur gekränkt. »Ich bin kein schlechter Mensch. Du musst gewusst haben, dass ich dir nie wehtun würde. Ich war immer sehr vorsichtig mit dir.«

Wenn er mich besuchte, küsste er mich oft, kaum war er eingetreten, und während er mich küsste, neigte er sich vor und hob mich hoch. Er hielt mich lange, drückte mich an seine Brust, küsste mich und trug mich in die Wohnung, ins Schlafzimmer, ins Bett.

»Meine Freunde warten«, sage ich. »Ich muss gehen.«

Selbstverständlich lässt er mich nicht bezahlen. Betrügt er seine Fahrgäste noch immer?, frage ich mich, als ich aussteige.

»Darf ich dich anrufen, meine Liebe?« Sein Ton ist liebevoll, voller Anspielungen und Humor. Er verzieht den Mund, um Rauch aus dem Mundwinkel zu blasen. Meine Haut erinnert sich an ihn.

»Nein«, sage ich, und daraufhin scheint Vadim vieles zugleich zu sein: ein bisschen verletzt, ein bisschen verwirrt, ein bisschen spöttisch, und wie immer scheine ich ihm ein bisschen leidzutun.

»In diesem Fall, okay, auf Wiedersehen.« Kein Mann, der zweimal fragt. Viele Fische im Wasser. Er fährt davon und ruft: »Take it easy, meine Liebe!«

Habe ich das Wetter erwähnt? Kalter Regen und ein tückischer Wind, der mir zuerst dabei hilft, den Regenschirm aufzuspannen, und ihn mir dann aus der Hand zu reißen versucht.

Meine Freunde warten. Sie warten in der Bar hier an der Ecke, aber ich zögere, als wüsste ich nicht, wohin ich mich wenden müsste. Oder ich habe alles erfunden: Niemand wartet auf mich, und jetzt würde ich mit einem anderen Taxi nach Hause fahren.

Natürlich war er ein schlechter Mensch. Ein sehr schlechter. Ein Rohling. Ein Zuhälter. Eine Bedrohung für Frauen. Ich weiß, warum er mich bemitleidete.

Und es stimmt nicht, dass ich ihn nie zornig erlebt habe. Er wurde wütend auf mich, wenn er sah, dass ich Angst hatte, vor allem im Beisein anderer Leute. Als wir zum Beispiel eines Abends durch den Park gingen, und ich immer wieder über die Schulter blickte, wurde er sehr wütend. Er packte mich an den Handgelenken und schüttelte mich. »Ich habe dir gesagt: Du musst keine Angst haben, wenn ich bei dir bin. Wenn ich für dich kämpfen muss, kämpfe ich. Wenn ich für dich sterben muss, sterbe ich. Ich kann nicht anders. Anders wäre ich kein Mann.«

Ich glaube, er war seiner Tochter ein guter Vater.

*

Zu verschiedenen Zeiten in meinem Leben beschloss ich, es mit einer Therapie zu versuchen. Es schien auf der Hand zu liegen. Jeder machte eine Therapie. Vor allem

Frauen schworen darauf. Vielleicht hatte ich einfach nur ungeheuerliches Pech, aber die männlichen Therapeuten waren leicht zu verführen, und mit den weiblichen erging es mir nicht viel besser. Die Letzte, mit der ich es versuchte, sagte am Ende der ersten Sitzung: »Bei einem Hintergrund wie diesem ist es kein Wunder, dass Sie hier sind. Sie wissen nicht, *wer* Sie sind!« Dann fügte sie mehr zu sich selbst als zu mir hinzu: »Aber es muss auch irgendetwas Gutes gegeben haben: Es muss vom Vater kommen.«

Ich fand, das hätte sie nicht sagen sollen.

Ich nahm sogar den Rat von jemandem an und suchte nach dieser Rarität, einem chinesisch-amerikanischen Therapeuten, der mich immer wieder ermahnte, mehr Wut in unsere Sitzungen zu tragen, als wäre Wut ein Hund, den ich ins Zimmer pfeifen konnte. *Fuß, Wut!* (Meine Mutter, die als Wurzel für so viele Probleme gesehen wurde, lebte in einem Zustand ständiger Wut, und was hatte es gebracht? Eine Frage, auf die Dr. Wu keine Antwort wusste.)

Als ich im College war, hatte ich eine Freundin, die darauf bestand, an einem Feiertag mit zu mir nach Hause zu kommen. Diese Frau stammte aus einer himmlisch privilegierten Welt und behauptete stolz, keine Vorurteile zu haben. Die Vorstellung, eine Sozialbausiedlung zu besuchen, faszinierte sie. Vermutlich erschien es ihr romantisch und gewagt. Während des Besuchs war sie sehr höflich, aber ich sah ihr an, dass sie nervös war. Später hörte ich von anderen den Bericht, den sie über diesen Besuch abgab, als wäre sie in einer Reality Show gewesen: Wie furchterregend es war, und wie seltsam sie meine Familie fand; wie sie nachts auf dem billigen Klappbett nicht schlafen konnte, das für sie aufgestellt worden war. Ich blieb mit ihr befreundet (aus einer Art verquerem Stolz vermutlich), aber ich habe ihr nie verziehen. Eine Weile nach dem Besuch sagte sie: »Und wie geht es deinen kleinen Eltern?« Nie zuvor war ich so nahe daran gewesen, jemanden zu schlagen. Das war Wut.

Es wäre mir nie in den Sinn gekommen, Vadim meinen Freundinnen vorzustellen. Obwohl sie alles über ihn hören und Fotos von ihm sehen wollten, wären sie ihm nicht gern begegnet, gleichgültig, wie viel Puschkin er zitieren konnte. Manche sahen die ganze Sache als eine Art Rückfall meinerseits. (»Man kann das Mädchen aus dem Sozialbau holen, aber …«)

Es gibt Leute, die einem erzählen, dass man Teil der eigenen Klasse bleiben muss, gleichgültig, was man im Leben erreichen kann oder welche Gelegenheiten sich einem bieten. Aufzusteigen heißt, die eigene Klasse zu verraten und den Verlust der Seele zu riskieren.

Nach dem Tod meines Vaters hatte ich einen Nervenzusammenbruch. Es mag an der Erkrankung gelegen haben oder an den Medikamenten, mit denen sie behandelt wurde, aber ich verlor, was ein sehr gutes Gedächtnis gewesen war. Vor dem Zusammenbruch konnte ich, wenn ich wollte, irgendeine Szene aus der Vergangenheit wie einen Film in meinem Kopf abspielen. Ich konnte mich an alles erinnern: Wo die Szene stattgefunden hatte, was für ein Tag es gewesen war, welche Kleidung die Leute trugen, den Ausdruck auf ihren Gesichtern, ganze

Gespräche Wort für Wort. Es mag der Preis für die Heilung gewesen sein, aber es fiel mir schwer, mich daran zu gewöhnen, eine Person mit einem ganz gewöhnlichen Erinnerungsvermögen zu sein.

Erst vor Kurzem, als ich irgendwo las, dass es sieben Millionen Changs auf der Welt gibt, ist es mir wieder eingefallen: In der Grundschule hatte ich einen Mitschüler namens Joey Chang, einen der wenigen Asiaten dort. Ich musste ihm von meinem Vater erzählt haben, und er musste es seinen Eltern gegenüber erwähnt haben, denn sie riefen uns sofort an, um uns zum Grillen einzuladen. Diese Einladung verursachte konsternierte Reaktionen in unserem Haushalt. Nicht vergessen: Wir waren es nicht gewohnt, auszugehen. Und wir hatten kein Auto, mussten also mit dem Bus fahren. Und *dieses* Mal würden wir meinen Vater auf keinen Fall zu Hause lassen.

Joey Chang hatte zwei kleine Geschwister, ein Mädchen und einen Jungen. Als wir dasaßen und Spareribs aßen, fielen die beiden über meinen Vater her, stiegen ihm auf den Schoß, schwangen an seinen Armen, bis er schließlich das Essen aufgab und sich davonschleifen ließ. Den Rest des Nachmittags spielte er mit ihnen auf dem Rasen.

Wir revanchierten uns nicht für die Einladung der Changs, und sie luden uns nicht mehr zu sich ein. Ich konnte mir vorstellen, wie Joeys Eltern zu ihm sagten, nachdem wir gegangen waren: »Sie sind keine echten Chinesen!«

Wieder zu Hause waren meine Schwestern und ich bedrückt. »Mit *uns* hat er nie so gespielt.« Der kurze Blick auf diesen glücklichen aktiven Vater war eine Offenbarung und ein Schock. Unsere Mutter konnte nichts Schockierendes entdecken. »Ach, so süße kleine chinesische Kinder – was habt ihr erwartet? Ihr müsst ihm vergeben. Bei kleinen deutschen Kindern würde ich wahrscheinlich genauso reagieren.«

Es wäre tödlich, manche Dinge zu vergeben.

»Warum wollten Sie sich verletzen?«, fragte der Arzt, der mich im Krankenhaus aufnahm.

»Warum sind Sie mit diesem Mann mitgegangen? Was wollten Sie?« Jetzt sitzt mir eine Ärztin gegenüber. Eine korpulente, formlose hausmütterliche Frau mit einer hausbackenen Art zu sprechen und einem noch hausbackeneren Gesicht. Ich blicke in dieses Gesicht und denke: Wie soll sie das verstehen können?